STEIDL

taschenbuch 90

Halldór Laxness wurde am 23. April 1902 in Reykjavik geboren. 1955 wurde er mit dem Nobelpreis für Literatur ausgezeichnet. Laxness starb 1998 in der Nähe von Reykjavik. Seine Romane und Erzählungen erscheinen in deutscher Sprache in der von Hubert Seelow betreuten Werkausgabe des Steidl Verlags.

Halldór Laxness

Das gute Fräulein

Erzählung

Aus dem Isländischen von Hubert Seelow

Steidl

Titel der isländischen Originalausgabe:
»Úngfrúin góda og Húsid«, 1933

06 07 08 09 10 9 8 7 6 5 4 3 2 1

Umschlaggestaltung: Klaus Detjen
unter Verwendung eines Fotos von Gerhard Steidl
Satz, Druck, Bindung:
Steidl, Düstere Straße 4, D-37073 Göttingen
www.steidl.de
Printed in Germany
ISBN 3-88243-472-4
ISBN 13: 978-3-88243-472-9

1. Ein Spätsommertag

Der Sommer ist kurz vor dem Herbst am schönsten. Deshalb beginnen gute Geschichten, während noch Sommer ist und die Vögel singen und die Sonne ihre Strahlen über Land und Meer ergießt. Zu dieser Zeit beginnt auch die Geschichte von dem guten Fräulein Rannveig, der Tochter des Propstes, die sich nun endlich dazu entschlossen hatte, ins Ausland zu reisen, und an diesem Spätsommertag durch ihr Dorf ging, um Abschied zu nehmen, während die Schären sich wie stolze Burgen in Luftspiegelungen über die glatte Fläche des Meeres erhoben. Frau Thurid, die ältere Tochter, hatte man auch ins Ausland reisen lassen, aber sie war ungeduldiger als die jüngere Schwester und voller Sehnsucht nach der Ferne, sie reiste ins Ausland, sobald sie die Frauenschule absolviert hatte, im Alter von sechsundzwanzig Jahren, und blieb zwei Jahre lang fort. Fräulein Rannveig hingegen hatte nicht gleich, nachdem sie die Frauenschule abgeschlossen hatte, ins Ausland reisen wollen, sie hatte sich eigentlich nie wirklich nach der Ferne gesehnt, sie liebte ihr Dorf und seine Menschen. Und sie war so überaus geschickt im Verfertigen von Handarbeiten, daß sie sich nur widerstrebend von ihren Stickereien trennte, wobei sie sich hauptsächlich mit dem Gedanken tröstete, daß sie diese Reise unternahm, um sich im Nähen zu vervollkommnen und das Kunstweben zu erlernen. So war die Auslandsreise vier Jahre lang immer wieder hinausgeschoben worden, und Fräulein Rannveig war jetzt eine Frau von dreißig Jahren. Doch der Propst und seine Frau hatten stets mit Nachdruck darauf beharrt, daß sie ins

Ausland reisen sollte, denn etwas anderes schickte sich nicht für ihren Stand, »bei den Anforderungen, die heutzutage gestellt werden«. Sie sollte zwei Jahre lang wegbleiben und bei der Familie Kristensen wohnen, wie die ältere Schwester; der selige Kristensen und der Propst hatten sich auf der Universität kennengelernt und dann Freundschaft gehalten, solange beide lebten.

Es ließ sich nicht leugnen, daß der Propst und seine Frau beim erstenmal, als sie ihre ältere Tochter auf die Reise schickten, gewisse Bedenken gehabt hatten, Frau Thurid war nämlich ein ziemlich lebhafter Backfisch, und der Propst hatte unter vier Augen der Pröpstin gegenüber geäußert, daß Mädchen ihres Naturells immer ein bißchen in Gefahr seien auf dem glatten Eis des Lebens, doch seine Frau hatte darauf entgegnet, sie hoffe, daß eben ihr Temperament sie schütze. Dies erwies sich als richtig. Außerdem hatte der Propst sie darauf hingewiesen, welche Gefahr sich in Thurids Schönheit verbarg, doch die Pröpstin sagte, bei einem wohlerzogenen Mädchen stehe der Stolz im rechten Verhältnis zur Schönheit. Auch dies erwies sich als richtig. Sie kam nach zwei Jahren zurück, temperamentvoller als früher und schöner als zuvor. Zu einer solchen Frau paßten selbstverständlich nur Männer aus besseren Kreisen. Und wie es dann weiterging? Es ging so weiter, wie es weitergehen sollte. Pastor Jon, der nicht nur das Propstamt versah, sondern auch die Fischreederei hier in Eyvik betrieb und seinen Schäfchen das Christentum mit derselben Tüchtigkeit einzutrichtern versuchte, mit der er die Dorsche ausnehmen ließ, und zwar so gekonnt, daß sogar der Bischof sagte, er sei der einzige Mann im Landesviertel, der das Wort Christi widerlegt habe, keiner könne zwei Herren dienen, er suchte seinen Altersgenossen, den Faktor bei Trifolii in Adalvik, auf und machte den Vorschlag, die Handelsfirma solle eine Filiale in Eyvik gründen, und der Faktor schickte seinen Sohn, einen gutaussehenden jungen Mann, nach Eyvik, um hier Gebäude für das Geschäft der Firma Trifolii zu errichten, und er sollte dann die Faktorstelle übernehmen. Der Sohn des Faktors wohnte beim Propst, während diese Vorbereitungen getroffen wurden, und verlobte sich sofort mit Thurid, der Tochter des Propstes, und ließ unverzüglich das Faktorshaus bauen, das jetzt schon seit mehreren Jahren die anderen Häuser in der Vik überragte und das im täglichen Umgang nur »das herrschaftliche Haus« genannt wurde, und im Frühjahr danach heirateten sie und nahmen in dem Haus Wohnung, und jetzt hatten sie vier vielversprechende Kinder, und der Handel blühte im Schutze der Fischreederei und die Fischreederei im Schutze des Handels, und sie waren ausgesprochen wohlhabende Leute, weshalb sie im täglichen Umgang auch stets nur »die Herrschaft« genannt wurden. So grundlos waren die Befürchtungen des Propstes und seiner Frau wegen der Zukunft Thurids gewesen. Kein Mädchen konnte auf direkterem Weg im sicheren Hafen landen.

Das alte Ehepaar machte sich dagegen nie Sorgen, was aus Fräulein Rannveig werden sollte. In ihrem Wesen gab es nichts, was ihnen Anlaß hätte geben können, sich nochmals zu bedenken, ehe sie sie ins Ausland reisen ließen. Man konnte sich gar kein Mädchen von ausgeglichenerem Wesen vorstellen als Fräulein Rannveig. Das etwas laute Temperament der älteren Schwester suchte man bei ihr vergebens. Und sie besaß auch nicht diese verführerische Schönheit, die eine Zeitlang die ältere Schwester ausgezeichnet und sowohl jungen Männern aus besseren Kreisen als auch solchen einfacher Herkunft Gesprächsstoff geliefert hatte. War Fräulein Rannveig etwa körperlich oder seelisch zurückgeblieben? Durchaus nicht. Während Frau Thurid nur durchschnittlich groß gewesen war und schlank in ihrer Jugend, war Fräulein Rannveig hochgewachsen und blühend, zwar nicht gerade beleibt, doch ihre Körperformen waren voll und üppig, und ihre Bewegungen, obgleich ein wenig langsam, waren dennoch nie schwerfällig, sondern hatten eher etwas Gesetztes an sich. Ihr Haar war blond, das der Schwester dagegen kastanienbraun, und sie errötete noch hübscher, und es gab nichts, das sich mit ihren Augen vergleichen konnte, die strahlend blau waren, es sei denn der Sommerhimmel selbst mit seinem Flimmern über Bucht und Inseln. Es mag durchaus sein, daß sie nicht besonders intellektuell veranlagt war, aber sie war gut durchschnittlich begabt, und das Lernen war ihr leichtgefallen, und was das Handarbeiten betraf, war sie so geschickt, daß man kaum ihresgleichen fand, und sie beherrschte jegliche Art von Stickerei, die damals in Island bekannt war, nicht nur Plattstich, Stielstich, Blumenstickerei, Kreuzstich, Klosterstickerei, Hinterstich und Plüschstickerei, sondern auch die englische und die französische Stickerei, die Gobelinstickerei, die Venezianer Stickerei, die Hardangerstickerei und sogar die Hedebo-Stickerei; sie häkelte ganze Schultertücher und Bettüberwürfe, strickte Rautenmuster, Knöpfchenmuster, Kronenmuster, Kreuzlochmuster und Fischgrätmuster, stickte mit Gold- und Silberfäden, klöppelte ganze Wäscheeinsätze und fertigte die schönsten Litzen an. Doch ihre Herzensgüte war noch schöner als alle Stickereien auf der Welt. Sie hatte Mitleid mit allem, was leiden mußte, und behandelte Hoch und Niedrig, Mensch und

Tier mit der gleichen Freundlichkeit. Und wenn irgendeine arme Frau sich dazu hinreißen ließ, eine Plüscharbeit zu bewundern, die sie eben fertiggestellt hatte, dann zog sie diese Arbeit sofort über ein Kissen und schenkte es der armen Frau, und aus diesem Grund besaßen alle armen Frauen im Dorf ein besticktes Kissen von Fräulein Rannveig. Sie brachte die Wonne des Sommerhimmels in die armseligsten Hütten und überall dorthin, wo ein Mensch in Bedrängnis war; deshalb wurde sie im Haus des Propstes Sonnenschein genannt, und wenn sie ins Dorf hinausging, sprangen alle Hunde um sie herum.

So war ihre Jugend in edler Gesinnung und Schönheit vergangen, bis sie jetzt im Alter von dreißig Jahren reisefertig war. Manch einer hatte sich darüber gewundert, wie es kam, daß kein würdiger Freier erschien, um eine so gute Partie zu machen, und es hieß, früher sei bei den Beratungen der Herrschaft häufig vorgeschlagen worden, man solle sie doch hin und wieder für einige Zeit in die Hauptstadt schicken, damit sie sich umsehen könne, doch dieser Plan traf stets auf den Widerstand des Fräuleins selbst, so sehr liebte sie ihr Dorf Vik und jedes Menschenkind in Vik, und so sehr war sie mit der Landschaft verwachsen, ganz besonders mit den Schären, die sich in den Luftspiegelungen des Sommers wie Burgen hoch über die spiegelnde Weite des Meeres erhoben. Also wurde auf Drängen der beiden verheirateten Damen bei der Herrschaft die Neuerung eingeführt, daß der Faktor vielversprechende junge Männer, die sich auf das Staatsexamen vorbereiteten, zu einem Sommeraufenthalt einladen sollte, einen oder zwei in jedem Jahr. Diese Methode wurde zwei Sommer lang ausprobiert. Die jungen Männer wurden im Haus gut bewirtet, sowohl mit Essen wie mit Trinken, und man veranstaltete lustige Ausflüge zu Pferd und mit dem Boot, außerdem fröhliche Abendgesellschaften mit Gesang und Tanz bis in die Nacht hinein, wenn der Sommer zur Neige ging und die Nächte wieder dunkel wurden, doch es stellte sich kein greifbarer Erfolg ein. Fräulein Rannveig war auf ihre Art freundlich und nett zu den gutaussehenden jungen Männern mit großer Zukunft, aber die Zeichen ihrer Zuneigung unterschieden sich in keiner Weise von den Freundlichkeiten, die sie selbst den erbärmlichsten Menschen im Dorf, und deren Hunden und Katzen, zuteil werden ließ. Diese Männer, die es zu etwas bringen würden, spürten bei ihr nie jene verstohlene Art von Koketterie, die zur Jagd anstachelt. Sie schenkte nie mit einem Blick, was sie mit einem anderen wieder nahm, ihr Lächeln und ihr Händedruck waren stets nur Zeugnis ihres uneigennützigen, edlen Charakters, und obgleich sie sich eines Nachts im Boot an die Brust des stud. med. & chir. Jon Gudmundsson gelehnt hatte und dort im salzigen Windhauch der Nacht eingeschlafen war, zeigte sich ihr Herz am Morgen nicht davon berührt, und der junge Arzt hatte sich im folgenden Frühjahr in der Hauptstadt verheiratet, nachdem er das Staatsexamen abgelegt hatte. Dasselbe galt auch für den stud. theol. Einar Stefansson. Dieser begabte Student war im letzten Jahr hier zu Gast gewesen, und im Familienrat hatte man einmütig festgestellt, daß er von dem Fräulein angetan war, und die beiden gingen abends und morgens am Strand spazieren. Leider war die Liebe des jungen Theologen von so geistiger Natur, daß er, wenn sie sich beide auf denselben Stein setzten, nicht wagte, so dicht neben ihr zu sitzen, daß er sie berührte. Und die Briefe, die er ihr im Winter aus der Hauptstadt schrieb, waren so hochtrabend und enthielten so viele Zitate aus der Doktorarbeit des Bischofs über den Apostel Paulus, daß die Familie zu der Überzeugung gelangte, daß auch dies zu nichts führen würde. Deswegen kam man wieder davon ab, diese Männer mit Zukunft einzuladen, und konzentrierte sich ganz darauf, Fräulein Rannveig auf das sorgfältigste für ihre Auslandsreise auszustatten.

Ja, die Frauen im herrschaftlichen Haus und im Haus des Propstes wußten wahrlich, was sie in diesem Sommer zu tun hatten, da wurde mit Nadeln, Scheren, Nähmaschinen und Bügeleisen hantiert bis zum letzten Tag, alles in Übereinstimmung mit ausländischen Modejournalen und Schnittmustern, die man aus der Hauptstadt hatte kommen lassen, denn selbstverständlich wurde gleich beschlossen, daß Fräulein Rannveig auf dem Schiff die isländische Tracht ablegen und sich dänisch kleiden würde, wie es Frau Thurid getan hatte, als sie ins Ausland fuhr. (Sie hatte sogar daheim in Eyvik weiterhin dänische Kleider getragen, bis sie aus ihrem ersten Wochenbett aufstand, da war es natürlich aus mit der Romantik.) Und wie beim erstenmal, so wurde auch jetzt eine gelernte Schneiderin aus Adalvik hergeholt, denn selbstverständlich konnte Rannveig diese zeitaufwendigen Näharbeiten an den Kleidern mit ihren Puffärmeln, Garnierungen, Rüschen und Fransen nicht alleine bewältigen, nicht zuletzt deshalb, weil sie mehr als genug damit zu tun hatte, ihre Unterwäsche zu stricken, zu häkeln, zu klöppeln und zu sticken, ganz abgesehen von Bettlaken und Kissenhüllen. Das Garn für ihre Unterhemden wurde von einer weithin berühmten Spinnerin aus einem anderen Bezirk bezogen, die alte Dame lehnte es kategorisch ab, daß ihre Töchter etwas anderes als isländische Wolle auf der bloßen Haut trugen, egal, ob sie im Ausland oder im Inland waren, wegen der Schwindsuchtgefahr. Hingegen sagte Frau Thurid, es komme der Mode wegen nicht in Frage, in Kopenhagen Strümpfe aus isländischer Wolle, so fein diese auch gesponnen sein mochte, zu tragen, so daß man beschloß, Fräulein Rannveig solle sich alle benötigten Strümpfe dort nach ihrer Ankunft kaufen, ebenso die Hüte und Schuhe, die der Mode nach zu den dänischen Kleidern erforderlich waren.

Nein, keiner sollte glauben, das Reisegepäck der Tochter des Propstes sei unnützer Tand, es war gediegene und saubere Ware, auch wenn vielleicht nicht alles nach pariserischem Geschmack war. Da sollte im Ausland keiner sagen können, der Propst in Eyvik und seine Frau statteten ihre Tochter ärmlich aus, sondern man sollte an allem erkennen können, daß es sich hier um gutsituierte Leute handelte, die schon seit langem Ansehen und Wohlstand in ihrem Landesviertel genossen. Außer den zwölf Kleidern, von denen einige aus Seide, Samt, Satin und Crêpe de Chine gefertigt waren, verstaute man in den Reisekoffern zehn weiße wollene Leibchen aus dem weithin berühmten Garn der tüchtigen Spinnerin, nebst der gleichen Zahl roter Beinkleider, zehn spitzenbesetzte Unterhemden aus dünnem Leinen und ebenso viele Unterhosen aus teurem Stoff mit Rüschen unter dem Knie, sechs Taillen, von den Trägern bis zum Saum hinunter bestickt, sechs kunstvoll gestrickte wollene Unterkleider, acht Unterröcke in verschiedenen Farben, einige aus raschelnder Seide, andere mit gehäkelten Einsätzen und bestickt, sieben bestickte Nachthemden, zwei Federbetten, zwölf Laken und ebenso viele Kissenbezüge, alles mit gehäkelten Borten, und zwanzig Handtücher. Weiterhin nahm das Fräulein eine gold- und silberbestickte Festtagstracht und eine Menge schön bestickter Tischdecken mit, doch Kissen, um sich vorne oder hinten auszupolstern, brauchte sie nicht, weil sie so reife Formen hatte. Schließlich nahm sie sämtliche Gedichte unserer Nationaldichter in Prachteinbänden sowie die Isländersagas einschließlich der Sturlungensaga mit, die meisten ihrer Schulbücher aus der Frauenschule, um die Möglichkeit zu haben, ihre Kenntnisse wieder aufzufrischen, einige in Leder gebundene Bände mit Romanen und Dramen der großen skandinavischen Dichter, das Kirchengesangbuch, die Passionslieder mit Noten, die Vidalinspostille, die ihr der Vater geschenkt hatte, als sie ihren ersten Zahn bekam, und die große Ausgabe der Bibel. Darüber hinaus nahm sie sechs vergrößerte Familienfotografien in großen Rahmen und ein Bild von sich selber im Alter von fünfundzwanzig Jahren mit, ein großes Bild von Jon Sigurdsson und ein genauso großes von Hallgrimur Petursson, Benedikt Gröndals Bild zum Nationaljubiläum mit der Tabakpflanze, auf deren Blätter die Namen aller unserer Landnehmer geschrieben sind, und schließlich ein Bild des Erlösers am Kreuz.

Jetzt ging sie reisefertig von Haus zu Haus, von Hütte zu Hütte, und küßte die Leute. Fast überall ließ sie zur Erinnerung an sich ein Geschenk zurück, denn sie konnte nicht mit leeren Händen kommen: einer Frau schenkte sie ein Umschlagtuch, einer anderen Kinderfäustlinge oder Socken, den Kindern Feigen, den Alten Schnupftabak, den Hunden Fischhäute, und alle liebten sie und umarmten sie und baten Gott, sie auf ihrem weiten Weg zu behüten und ihr in der Fremde beizustehen; die Abschiedstränen fielen heiß und rein aus manch einem armen Auge. Allen, die es schwerhatten, war sie eine liebe Verwandte; überall bekam sie Kaffee angeboten, und nirgends brachte sie es über sich, ihn abzulehnen, so daß sie an diesem einen Tag mehr als dreißig Tassen trank und allen Kuchen aß, der ihr vorgesetzt wurde, ohne Rücksicht darauf, ob er hart oder zäh war oder ob er nach Schimmel roch oder nach Fisch schmeckte.

Denk daran, daß du versprochen hast, jeden Tag zu schreiben, sagte Frau Thurid, die in der Abendsonne draußen im Garten vor dem Haus stand. Wenn du es nicht tust, dann müssen wir hier zu Hause versuchen, uns selbst einen Reim darauf zu machen. Ich kenne das Ausland, meine Liebe, und weiß, was es zu bedeuten hat, wenn Leute nicht schreiben.

Fräulein Rannveig wiederholte ihr Versprechen, regelmäßig zu schreiben.

Und dann lasse ich, wie auch mein Mann, die Familie Kristensen vielmals grüßen. Ich weiß, ich würde den verstorbenen Kristensen vermissen, der sein Haus so gut zu führen verstand. Natürlich kenne ich die junge Frau Kristensen nicht, doch der junge Kristensen war immer ein feiner Mensch, wie ich dir gesagt habe. Du schreibst mir natürlich alles über das junge Paar und sein Haus und sagst, daß es uns hier sehr gutgeht, was ja auch stimmt. Und dann schickst du mir bei Gelegenheit ein Bild von seiner Frau, aber ganz unauffällig. Und dann lasse ich natürlich die alte Frau Kristensen, seine Mutter, herzlich grüßen.

Ja, er war schön, dieser Hochsommertag, mit seinem Meer und seinem Land, so grün und blau unter der Sonne. Da schien der Herbst so weit weg zu sein, mit seinem grauen Himmel. So schön war ihr Dorf, als sie sich anschickte, es zu verlassen, das gute Fräulein, das selbst der Inbegriff des Schönsten an einem Sommertag war. Doch als sie am Abend das Gartentor bei sich daheim öffnet, ruft jemand ihren Namen, es ist ein Mann, der leichtfüßig aus der Richtung des Ladens herüberkommt; sie erkannte ihn selbstverständlich sofort, es war der alte Hans, der Ladengehilfe. Sie blieb stehen und sah zu, wie er näherkam, schmächtig und mit krummem Rücken, grauhaarig unter seiner Schirmmütze, das hiesige Geschäft hatte ihn als Zugabe vom Hauptgeschäft der Firma Trifolii in Adalvik bekommen, er war im Grunde genommen ein Stück lebendes Inventar, und abends, wenn im Herbst die Nächte wieder dunkel wurden, schlich er durch das Dorf und spähte bei den Leuten durch die Fenster, deshalb sah man in ihm eine Art Ratte, und es hieß, daß er Läuse hätte. Nun bekam Fräulein Rannveig Gewissensbisse, weil sie sich nicht von ihm verabschiedet hatte, wie von allen anderen. Ein solcher Mensch mußte sehr einsam sein, auch wenn der Faktor schon von ihm gesagt hatte, daß er über wenigem getreu sei.

Ach, liebster Hans, rief ihm das Fräulein entgegen. Jetzt hätte ich beinahe vergessen, dir wie den anderen Lebewohl zu sagen. Wie schrecklich gedankenlos ich sein kann!

Er nahm höflich die Mütze ab. Was auch immer man über ihn sagen mochte, er hatte die Manieren eines Ladengehilfen, und keinem wäre es eingefallen, ihn für einen Seemann oder einen Bauern zu halten, es hieß sogar, sein Großvater sei Pfarrer gewesen. Doch er war in jungen Jahren dem Trunk verfallen und verwahrlost, obwohl er jetzt schon lange nicht mehr trank, ja, jetzt war er eigentlich ein sehr ordentlicher Mensch, er tat keiner Fliege etwas zuleide, und sie hatte um so größeres Mitleid mit dem einsamen Menschen, je näher er kam. Seine Stiefel waren völlig ausgetreten, und in seinem schwarzen Kammgarnanzug konnte man sich hinten und vorne spiegeln. Er hatte die Gesichtsfarbe eines Menschen, der viel Schwarzbrot und Schiffszwieback ißt und wenig Butter dazu. Seine Haut war schlaff und warf tiefe Falten an den Wangen. Doch als er sie begrüßte, sah sie, daß er wohlgeformte Hände hatte, obwohl sie schmutzig waren von den verschiedenen Waren und blau, weil er nie Handschuhe trug. Er sagte, es mache nichts aus, daß sie sich nicht von ihm verabschiedet hatte, im übrigen tat er sich schwer, ihr zu sagen, was er von ihr wollte, denn er stotterte. Es stellte sich heraus, daß er sie bitten wollte, eine besondere Art von Samen für ihn zu kaufen, wenn sie im Ausland zufällig eine gute Apotheke sähe, sogenannten Sabadillsamen, schließlich schrieb er den Namen sogar auf ein Blatt Papier, vielleicht könnte sie ihm den im Frühjahr mit der Post schicken, nein, es hatte keine besondere Eile damit, er litt glücklicherweise an keiner gefährlichen Krankheit. Er zog seine Börse heraus und wollte ihr Geld geben.

Nein danke, lieber Hans, sagte sie. Das bringen wir in Ordnung, wenn ich wiederkomme. Aber er wollte sich keinesfalls etwas schenken oder leihen lassen, sagte er, er war kein solcher Mensch, und sie stritten sich deswegen eine ganze Weile, bis sie ihm mit ihrem glücklichen Lächeln Lebewohl sagte.

So endete der wundervolle Sommertag in Eyvik.

2. In besagtem Land

Es folgten sonnenlose Herbsttage mit schlechtem Wetter.

Und die letzten Schiffe im Herbst brachten die ersten Briefe von Fräulein Rannveig aus besagtem Land am Öresund, diesem Land, das bis in jene Zeit im Bewußtsein aller besseren Leute der Inbegriff der Welt war. Wie versprochen, schrieb sie lange, ausführliche Briefe und schilderte mit Genauigkeit alles, was sie im Ausland erlebte. Unterwegs war sie sehr seekrank geworden, doch alle waren freundlich zu ihr. Der dänische Steward hatte am ersten Tag zu ihr gesagt, alles, was das Schiff zu bieten habe, stehe zu ihrer Verfügung, und hatte ihr Äpfel, Orangen und Mineralwasser gebracht, nachdem sie den Braten erbrochen hatte, und zwei Kaufleute aus Reykjavik hatten ihr Gesellschaft geleistet und versucht, sie das Wetter und die See vergessen zu lassen. Sie hatten ihr auch ein wenig Rotwein zu trinken gegeben. Eines Abends hatten betrunkene Studenten versucht, mit lautem Getöse bei ihr einzudringen, doch die Kaufleute warfen sie hinaus, darüber war sie sehr froh. Diese freundlichen Kaufleute hatten auch davon gesprochen, daß sie sie in Kopenhagen ins Theater einladen wollten, das habe sie dann aber doch nicht annehmen wollen, denn sie hatte Mitleid mit den daheimgebliebenen Frauen der beiden. Als sie in Kopenhagen ankamen, war sie dem Rat der Schwester gefolgt, hatte einen Wagen genommen und war zu Kristensens gefahren. Die alte Frau Kristensen empfing sie mit Herzlichkeit und Liebe, es war, als ob sie zu einer guten Mutter gekommen wäre; zwar machte es ihr anfangs ein wenig Schwierigkeiten, das

Dänische zu verstehen, doch nun hatte sie sich daran gewöhnt. Ihr Zimmer war ein Eckzimmer mit Aussicht über die Seen. Sie hatte ein ausgezeichnetes Bett, zwar mit einer Sprungfedermatratze und nicht so weich wie ihr Bett daheim, die ersten Nächte hatte sie es sogar ziemlich hart gefunden, doch im Ausland war es üblich, auf einer Sprungfedermatratze zu schlafen, es solle auch viel gesünder sein, auf einer Sprungfedermatratze zu schlafen, nach dem, was die Ärzte im Ausland sagten, und vielen älteren Leuten, die an Rheumatismus leiden, wird geraten, auf einer Sprungfedermatratze zu schlafen. Sie richtete die Frage an ihre Eltern, den Propst und seine Frau, ob es nicht angebracht wäre, daß sie sich eine ausländische Sprungfedermatratze anschafften, eben wegen des Rheumatismus, an dem beide litten. Sie beschrieb ihr Zimmer bei Kristensens und legte überdies eine kleine Planskizze auf einem gesonderten Blatt bei: außer dem Bett hatte sie eine ausgezeichnete Chaiselongue und zwei Sessel, einen Tisch, einen Schreibtisch und einen Waschtisch mit allem Zubehör, nicht zu vergessen den Kleiderschrank, über den sie sehr froh war, denn ihre Kleider waren alle mehr oder weniger zerknittert. Gleich am ersten Tag hatte sie ihre Bilder an die Wände gehängt, die Kissen auf die Chaiselongue gelegt und ihre Decken über die Tische gebreitet; später wollte sie sich noch ein Bücherregal kaufen. Sie sagte, sie wünschte, ihre Mutter und ihre Schwester wären da, um zu sehen, wie gemütlich es in ihrem Zimmer war.

Nun wollte sie von ihrem ersten Tag in der Stadt berichten und alles erzählen, was sie über das Haus der Kristensens wußte, wie sie es ihrer Schwester versprochen hatte. Dann kamen viele Seiten mit einer Beschreibung der Wohnung und der Möbel der Familie

Kristensen, denn Fräulein Rannveig hatte ein gutes Auge für alles, was geformt und gegenständlich ist. Ein geschmackvoll eingerichtetes Wohnzimmer war für sie eine Kunstausstellung, sie sprach von Tafelsilber mit derselben Ehrfurcht, mit der andere von Kircheninventar sprechen, von Küchengeräten wie von einer Handelsflotte, die Art und Weise, das Essen aufzutragen, erweckte in ihr die edelste Begabung eines Geschichtsschreibers. Sie schrieb auf ganz gewöhnliche, linierte Briefbögen und ließ nirgends einen Rand frei, meist waren noch zwei oder drei Zeilen oberhalb und unterhalb der Linien am Kopf und am Fuß des Bogens hinzugefügt, die Schrift war einfach und klar, dabei fast ein wenig grob, und nach zwölf Bogen war sie schließlich bei der Familie selbst angelangt. Und da wäre zunächst zu berichten, daß die junge Frau Kristensen nicht zu Hause ist, sie ist mit den beiden jüngsten Kindern bei ihren Eltern in Schleswig – ich habe nur ihr Bild gesehen. Sie ist eine hübsche Frau. Doch die alte Frau Kristensen sagt, sie sei verträumt und neige deshalb zur Schwermut. Aber sie soll überaus musikalisch sein und hat Pianoforte spielen gelernt. Ihr Vater ist Arzt, die Familie soll sehr wohlhabend sein. Die alte Frau ist irgendwie nicht zufrieden mit ihr, sie findet, sie sei nicht häuslich. Sie reist im Sommer immer zu ihren Eltern aufs Land und kommt erst wieder Ende September. Frau Kristensen sagt, sie sei nicht die richtige Frau für Viggo. Die beiden älteren Kinder sind schon vom Land zurückgekommen, sie müssen bald wieder zur Schule, es ist ein Junge und ein Mädchen, Adolf und Aliette, und der kleine Junge verbeugt sich so hübsch, Aliette kommt oft zu mir in mein Zimmer, um sich meine Kleider anzusehen. Sie sind natürlich ein bißchen frech zu den Dienstboten, obwohl sie sich Gästen gegenüber sehr gut benehmen. Die alte Frau Kristensen ist so mütterlich, sie ist schon über siebzig. Jetzt weiß ich, daß Ihr etwas über den Hausherrn hören wollt. Über ihn kann ich natürlich nichts sagen, denn ich kenne ihn so gut wie überhaupt nicht. Er ist den ganzen Tag in seinem Büro. Ich hatte ihn mir aber ganz anders vorgestellt. Er kam am ersten Abend nach Hause, und ich weiß nicht, was ich sagen soll, er wirkt ein bißchen melancholisch und wird schon grau an den Schläfen. Ich glaube, er ist kein sehr fröhlicher Mensch, aber ich weiß natürlich nichts über ihre Ehe. Er wollte, daß wir in diesen berühmten Park, das Tivoli, gehen sollten. Wir fuhren hin, seine Mutter, ich und er. Es war natürlich außerordentlich interessant. Er lud mich zu allem ein, wozu ich Lust hatte, wir sahen Akrobaten und Seiltänzer. Sie kletterten dort hoch oben in der Luft auf Drahtseilen herum, doch wenn ich ganz ehrlich sein soll, dann fand ich das nicht besonders lustig. Es ist natürlich eine ungeheuer große Kunst, aber ich verstehe nicht, warum die Leute das betreiben, ich finde es irgendwie so weit entfernt vom Leben. Dann hörten wir ein schönes Konzert, bei dem auf vielen Instrumenten gleichzeitig gespielt wurde, doch ich verstehe so wenig von dieser vielfachen Musik, ich bin so wenig daran gewöhnt, aber Kristensen versteht sie. Er ist wirklich ein sehr gebildeter Mann, da bin ich sicher. Dann kamen wir zu einem sehr gut besuchten Gasthaus im Park, und er wollte, daß wir Wein trinken sollten, doch da war seine Mutter schon so müde, sie ist schon recht hinfällig, und außerdem war es ziemlich windig, sie wollte nur Kaffee, sie tat mir aufrichtig leid. Ich trank ein Glas Portwein, und er trank einen Schnaps mit Soda. Dann wollte die alte Frau verständlicherweise nach Hause gehen. Und die arme alte Frau hatte sich an diesem Abend erkältet und legte sich sofort ins Bett, doch Kristensen unterhielt sich eine ganze Weile mit mir im Wohnzimmer, er sprach hauptsächlich von Dir, Schwester Thurid, er vertraute mir sogar an, daß er eine Zeitlang in Dich verliebt gewesen sei. Ich fand es sehr schade, daß seine Frau nicht daheim war. Sie müssen finanziell sehr gut gestellt sein, er trägt einen Brillantring, er war im Sommer vierzehn Tage in Deutschland für das Geschäft. Aber ich glaube, er ist kein fröhlicher Mensch. Ich weiß natürlich nichts über seine Frau, und ich freue mich darauf, sie kennenzulernen. Er sagt, seine Frau verstehe ihn nicht; ich wünschte, ich könnte ihre Freundin werden und ihnen helfen, einander zu verstehen.

Später:

Meine Schule fängt erst am ersten Oktober an, und deshalb sagen sie, ich solle die Zeit nutzen und Schlösser besichtigen und in Parks gehen, ich war schon im Kunstmuseum, aber ich weiß nicht recht, was diese Kunstwerke bedeuten sollen, das ist natürlich alles wunderschön, doch ich kann nichts dafür, ich will lieber die Natur. Genauso geht es dem, der nicht an Bäume gewöhnt ist, mit den Parks, das ist alles so groß, ich mag keine größeren Pflanzen als solche, die man in die Hand nehmen kann. Ich würde viel lieber in dieser Zeit im Haushalt helfen, doch das will die alte Frau nicht, deshalb sitze ich oft in meinem Zimmer und versuche, gute Romane zu lesen, die Kristensen mir geliehen hat, aber mir scheint es, als ob alles so weit weg vom Leben sei und ich auf etwas warte, was nie kommen will. Abends sitzen wir manchmal im Wohnzimmer und unterhalten uns, und manchmal gehen wir aus, entweder ins Theater oder in ein Restaurant, das macht Viggo solchen Spaß. Er versteht nämlich sehr viel von Theateraufführungen und kennt die Namen aller Schauspieler. Seine Mutter geht natürlich auch immer mit, wenn sie nicht unwohl ist. Ich versuchte, auf dänisch eine Karte an die Frau zu schreiben, um ihr zu sagen, wie sehr ich mich darauf freue, sie kennenzulernen, und daß ich mir wünsche und hoffe, daß sie bald kommt. Ich wundere mich wirklich, daß er sie so lange fortbleiben läßt. Mir scheint, als ob er nicht ganz glücklich ist. Ich versuche immer wieder, mit ihm über seine Frau zu sprechen, damit er zufriedener wird. Ich wünschte, es wäre schon Oktober, dann hätte ich etwas, das mich beschäftigt, und könnte alles andere vergessen. Manchmal werde ich richtig trübsinnig vor lauter Nichtstun. Ich verstehe mich selbst nicht. Ich bin irgendwie so unruhig. Zwar habe ich mein Klöppelkissen mitgebracht, aber ich habe keine Lust zum Klöppeln, ich habe nicht die innere Ruhe, etwas zu tun, und bin unfähig, etwas zu lesen, obwohl dies gute Bücher sind. Ich bin eben so dumm (bin es schon immer gewesen). Tagsüber gehe ich oft aus und sehe mir Schaufenster an und betrachte die Leute, die mir begegnen. Jetzt sind diese großen Federhüte in Mode. Einige Male habe ich isländische Mädchen besucht, die ich kennengelernt habe, und jetzt will ich Euch alles über sie schreiben. Aber ich bin irgendwie so unruhig, ich kann nichts dagegen machen. Nachts überkommt einen eine Schwere, die sich auf die Seele legt, wenn man sich vorstellt, daß ich schon über dreißig bin, und wozu ist mein Leben eigentlich nütze? Es ist natürlich völlig falsch, so zu denken, statt dem lieben Gott dankbar zu sein, und ich weiß das genau. Ich kann nichts dafür, daß ich nachts manchmal wachliege und nachdenke und jeden noch so leisen Ton im Haus höre, und dann denke ich an Eyvik und die Menschen daheim, die ich so gern habe, aber seit ich hier bin, glaube ich mich selbst nicht mehr verstehen zu können. Und manchmal glaube ich Gott nicht mehr verstehen zu können, doch man ist natürlich schrecklich undankbar, wenn man nachts weint. Aber heute habe ich nun mit der Leiterin gesprochen, und ich weiß, daß all dies besser wird, wenn die Schule anfängt. Ich bin sicher, daß sie ein sehr netter Mensch ist. Neulich kam Viggo eines Nachts ein bißchen betrunken nach Hause, doch ich sollte mich schämen, über so etwas in ein anderes Land zu schreiben. Er tat mir so leid. Ich wünschte, seine Frau käme bald. Jetzt glaubt Ihr sicher, es habe irgendwelche Schwierigkeiten gegeben, aber dem war überhaupt nicht so, er war nicht unangenehm betrunken, wie das oft in Island vorkommt. Doch man konnte sehen, daß er etwas getrunken hatte. Mir tat das so leid wegen der alten Frau. Er war so aufgekratzt, wollte mitten in der Nacht tanzen gehen. Er ist nie unhöflich, das gibt es bei ihm nicht. Er ist ein feiner Mensch, wie Du selbst sagtest. Und immer verschlossen, außer wenn er etwas getrunken hat. Ich sagte zu ihm: Viggo, Sie sind so unglücklich. Ich wünschte, Gott gäbe, daß Ihre Frau bald nach Hause kommt.

So schrieb Fräulein Rannveig jeden Tag einen langen Brief, innerhalb kurzer Zeit war Stoff für ein ganzes Buch zusammengekommen. Doch dann kam die Post immer seltener, und mit dem allerletzten Schiff im Herbst, das war kurz vor Ende Oktober, erwarteten Mutter und Tochter mindestens vierzehn Briefe, doch was kam? Diesmal kam nur ein Brief von Fräulein Rannveig, er war an ihre Mutter, und er war überaus dünn, nur ein einziger Bogen, viel weniger eng beschrieben als die früheren und nichts oberhalb oder unterhalb der Linien am Kopf und am Fuß. Sie berichtete nur davon, daß sie jetzt in der Schule angefangen habe, und dann kam eine kurze Beschreibung der Schule und des Webunterrichts, wobei sie nicht vergaß zu betonen, daß die Lehrerinnen alle sehr nette Frauen seien, doch über das Haus Kristensen stand kaum ein Wort, und dabei hatten Mutter und Tochter mit größter Spannung gerade darauf gewartet, wie auf die neue Folge eines Fortsetzungsromans, was Rannveig über die junge Frau Kristensen zu sagen hätte. In diesem kurzen Brief stand nur, daß Frau Kristensen vor einer Woche nach Hause gekommen sei, sonst nichts, es war, als ob diese Frau weder Form noch Gestalt hätte, es wurde nicht einmal gesagt, daß sie nett sei, auch die Kinder und die alte Dame wurden nicht erwähnt, und schon gar nicht Herr Viggo Kristensen selber – ich versuche, an nichts anderes als an meine Weberei zu denken, und ich habe keine Zeit zum Schreiben, liebe Grüße. Es war, wie wenn eine Geschichte vor der Pointe aufhört.

Für so etwas fehlen mir ganz einfach die Worte, sagte die Frau des Faktors.

Ja, das ist etwas eigenartig, sagte die Frau des Propstes.

Und erwähnt die Frau überhaupt nicht! Nachdem das Mädchen immer wieder versprochen hatte, uns alles über die Frau zu schreiben! Es soll mir keiner weismachen, daß so etwas normal sei.

Na ja, ich glaube, daß es durchaus normal sein kann, sagte die alte Frau.

Nun, du mußt schon entschuldigen, daß ich mir meine eigenen Gedanken mache, sagte die junge Frau.

Die Frau des Propstes griff mit würdevoller Miene in ihre Rocktasche, um ihre silberne Schnupftabaksdose herauszuholen.

Nein, sagte sie, ich kenne euch ja schließlich, meine Mädchen – was das betrifft.

Was verstehst du von der Welt, Mama? Ich weiß, wovon ich rede. War ich vielleicht nicht zwei Jahre lang dort?

Sicher warst du das, sagte die Frau des Propstes ein wenig ungeduldig, aber wenn ich ganz ehrlich sein soll, dann hätte ich für dich nie die Hand ins Feuer legen wollen, auch wenn alles noch einmal gut ausgegangen ist.

Für mich die Hand ins Feuer legen?

Du weißt schon, was ich meine. Aber Rannveig ist ein Mensch, dem ich vertraue, für sie würde ich immer die Hand ins Feuer legen, denn sie hat die Sinnesart ihrer seligen Großmutter geerbt; und außerdem das Beste aus der väterlichen Familie.

Warum schreibt das Frauenzimmer dann nicht? Ich habe immer geschrieben.

Da nahm die alte Frau endlich eine Prise, kniff die Augen im Tabakgenuß zusammen und antwortete näselnd:

Ob du nun alles geschrieben hast oder nicht.

Was willst du damit sagen, Mama?

Du wolltest die leichtsinnigen dänischen Kleider erst ablegen, als du die kleine Gudlaug geboren hattest.

Das hätte ich nicht von dir erwartet, Mutter.

Tja, ich halte damit nicht hinter dem Berg, ich war mir deiner nie so ganz sicher, solange du die dänischen anhattest, aber mir ist es ganz egal, was für Röcke meine Rannveig trägt, leichte oder schwere, denn ich weiß, daß dort die Sinnesart den Sieg davonträgt.

Dann erlaube ich mir, daran zu erinnern, Mama, daß stille Wasser tief sind.

Erkläre mir lieber, warum ihr dort im Haus nicht schlau genug wart, ein ordentliches Mannsbild für das Mädchen auftreiben zu können, ihr hattet das ja schließlich übernommen – dann hätte sie wenigstens etwas zum

Nachdenken gehabt, als sie von daheim wegfuhr. Das waren alles verfluchte Waschlappen, die ihr im letzten und vorletzten Jahr hierhergeschleppt habt, schau dir nur die Briefe an, die sie von diesem jämmerlichen Menschen bekam, der Pfarrer werden wollte, zu meiner Zeit hätte man den nicht für einen zukünftigen Pfarrer gehalten, einem Mädchen solche Briefe zu schreiben, das waren die reinsten Predigten, wie bildet sich ein so erbärmlicher Mensch ein, er könne Pfarrer werden, das würde mich interessieren. Kein Wunder, daß sie schon bald keine Lust mehr hatte, ihm zu antworten.

Wenn Veiga keinen zukünftigen Pfarrer will, was hat sie dann für Möglichkeiten? Bessere Mädchen können ihre zukünftigen Männer heutzutage nicht wie Treibholz auflesen und dann auswählen. Und du solltest dir darüber im klaren sein, daß die Wohlhabenden in Reykjavik an einer Braut aus der hintersten Provinz kein Interesse haben. Kaufleute und höhere Beamte in der Hauptstadt heiraten in ihren Kreisen. Was wäre aus mir geworden, wenn Trifolii nicht gewesen wäre? Das weiß keiner. Vielleicht hätte ich selbst für meinen Lebensunterhalt arbeiten müssen.

Und ob sie nun länger oder kürzer darüber stritten, beschlossen wurde jedenfalls, daß sie beide energische Aufforderungen an Rannveig schicken würden, sie solle genau schreiben, wie es ihr und den anderen gehe und nichts auslassen, was im Hause Kristensen geschehe. Sie rieten ihr, die Abendstunden zum Briefeschreiben zu nutzen und über jeden Tag einen genauen Bericht abzufassen.

So verging die Zeit, und erst Ende November kam wieder Post in den Ort, diesmal auf dem Landweg, denn die Schiffahrt war bis Ende März eingestellt, diese Post kam den ganzen weiten Weg aus der Hauptstadt. Doch aus Kopenhagen kam kein Brief, abgesehen von Geschäftsbriefen für Trifolii und einem Katalog vom Nordischen Warenimport für den Propst. Kein Wort, kein Buchstabe von Rannveig. Frau Thurid kam trotz des schrecklichen Sturmes zu ihrer Mutter herüber, um die Sache zu besprechen, und auch der Propst selbst war zugegen. Die Frau des Faktors erinnerte ihre Mutter an das, was sie im Herbst zu ihr gesagt hatte: daß sie sich ihre Gedanken mache. Sie sagte, jetzt deute alles darauf hin, daß diese Gedanken nicht unberechtigt gewesen seien. Sie berichtete nun erstmals davon, daß Kopenhagen eine schändliche Lasterhöhle sei, voll von unvorhersehbaren Versuchungen und Gefahren für ein ausländisches Mädchen, das ganz allein war. Sie sagte, daß sie abends oft von nett aussehenden Herren angesprochen worden sei, die sich anboten, sie im Wagen nach Hause zu bringen, und daß sie – aber nur dieses eine Mal – ein solches Angebot angenommen hatte, weil das Wetter so schlecht war, und er sei dann endlos lange mit ihr gefahren, zu einem alten und unheimlichen Haus weit draußen vor der Stadt, ihr Anstandsgefühl verbiete ihr, genauer zu schildern, was sich dort vor ihren Augen abgespielt habe, und es sei nur der Gnade Gottes zu danken gewesen, daß es ihr gelungen war, sich um drei Uhr in der Nacht durch eine Hintertür davonzumachen, und sie war gerannt, so schnell sie konnte, und erst gegen Morgen wieder bei sich daheim angekommen. Diese netten Herren, die Mädchen anboten, sie nach Hause zu begleiten, waren meist Verbrecher der allerschlimmsten Sorte, sie waren Agenten von Organisationen, die unschuldige Mädchen fingen, um sie als Sklavinnen an Freudenhäuser in Südamerika zu verkaufen, und die Frau des Faktors war der Ansicht, daß es dann viel besser wäre zu sterben.

Warum hast du uns das nie geschrieben? fragte die alte Frau.

Doch die Frau des Faktors sagte, ihr sei das hinterher wie ein böser Traum vorgekommen, und sie hatte ihren Eltern nicht unnötig angst machen wollen, indem sie davon erzählte.

Den alten Eltern verschlug diese fürchterliche Geschichte die Sprache, und nach langem, angstvollem Schweigen wurde beschlossen, im Dorf die Nachricht verbreiten zu lassen, daß Fräulein Rannveig in Kopenhagen ernsthaft erkrankt sei. In der Nacht saß der alte Propst auf und schrieb seiner Tochter einen langen Brief. Er sagte ihr, daß sie durch ihr Schweigen ihrer Mutter so großen Kummer gemacht habe, daß sie dies ohne weiteres ins Grab bringen könnte. Gott sei Dir gnädig, Kind, daß Du Deine Mutter und mich in dieser Ungewißheit läßt, schrieb er.

Nun vergeht wieder ein ganzer Monat.

Und die Herrschaft in Eyvik kam nicht seltener als jeden zweiten Tag im Haus zusammen, um über das ungewisse Schicksal von Fräulein Rannveig zu sprechen. Und den Gesichtern der Leute sah man die Besorgnis an, und alle im Dorf konnten erkennen, wie schwer Rannveigs Krankheit auf ihren Herzen lastete.

Schließlich kam die Weihnachtspost.

Es kamen schön verzierte Postkarten mit gedrucktem Text an Verwandte und Freunde, Fröhliche Weihnachten und ein gesegnetes Neues Jahr auf dänisch, Unterschrift: wünscht Rannveig. Doch nur ein einziger Brief, nur wenige Zeilen an die Frau des Propstes. Nein, sie war nicht krank. Es ging ihr gut, sie hatte sehr viel zu tun in der

Schule, war aber Anfang November aus dem Hause Kristensen weggezogen, hatte woanders ein besseres Zimmer gefunden, näher bei der Schule. Keine weitere Erklärung. Keine Schilderung der neuen Unterkunft. Kein Wort über irgendeinen Menschen. Nichts darüber, ob irgend etwas geschehen war, weder Gutes noch Schlechtes, mit einem Wort: überhaupt gar nichts. Also ließ man im Dorf die Nachricht verbreiten, Fräulein Rannveig sei Anfang November ins Krankenhaus eingeliefert worden, es ginge ihr aber schon wieder ein klein wenig besser. Und der alte Propst mußte schreiben, wenn sie nicht genauer berichte, wie es ihr gehe, sähe sich die Herrschaft gezwungen, sie zu bitten, nach Hause zu kommen, anderenfalls würde Trifolii in Kopenhagen Anweisung erhalten, die Geldbeträge, die ihr sonst von der Firma hier allmonatlich für ihren Lebensunterhalt überwiesen wurden, nicht mehr auszubezahlen. Mutter und Tochter schrieben ihr eindringliche Ermahnungen von derselben Art wie zuvor, nur daß sie nun zwischen den Zeilen unmißverständlich zu erkennen gaben, daß sie Angst hätten, sie könnte weißen Sklavenhändlern in die Hände gefallen sein, und diese Angst raube ihnen den Schlaf; sie hätten keine ruhige Minute mehr.

Das Ergebnis war, daß Fräulein Rannveig um so beharrlicher schwieg, je dringender sie aufgefordert wurde, Briefe zu schreiben. Mit der Januarpost kam kein Brief aus Kopenhagen, auch nicht mit der Februarpost, und daraufhin wurde im Dorf verbreitet, die Tochter des Propstes hätte in Kopenhagen einen Rückfall erlitten. In jeder Hütte wurde über ihre Krankheit diskutiert, alle spürten, wie heiß sie sie liebten und wie schmerzlich es wäre, sie so jung zu verlieren, der liebe Gott möge ihr die Gesundheit wieder schenken. Schließlich faßten die

Leute den Entschluß, daß der Faktor mit der ersten Schiffsverbindung im Spätwinter ins Ausland fahren sollte, um selbst persönlich zu untersuchen, wie es um Fräulein Rannveig bestellt sei. Er hatte beabsichtigt, später im Frühjahr, im Mai oder Juni, eine Geschäftsreise dorthin zu machen, doch Mutter und Tochter brachten es zuwege, daß er diese Fahrt drei Monate eher als geplant unternehmen sollte, zu einer Jahreszeit, in der die Winde auf dem Meer am wildesten sind – vierzehn Tage nach der Abfahrt des Küstendampfers käme er nach Reykjavik; drei Wochen danach wäre er dann in Kopenhagen.

Dann kam der Küstendampfer.

Es war ein Unwettertag, wie man ihn sich nicht schlimmer vorstellen kann gegen Ende des Winters, schon wieder lange hell und eisiger Schneesturm. Nein, der Faktor hatte ganz gewiß keinen Grund, sich darüber zu freuen, daß er jetzt seine warmen Stuben im Haus verlassen und eine fünfwöchige Reise über das stürmische Meer antreten mußte, zuerst entlang der Wind und Wetter ausgesetzten Küste Islands, dann über den erbarmungslosen Atlantischen Ozean, an den Färöern und Schottland vorbei, bis man nach Dänemark gelangte. Doch die Frauen waren noch erbarmungsloser, schließlich war dies nach dem alten isländischen Kalender ihr Monat, und er fügte sich in sein Schicksal. Seine Reisetruhen standen fertig gepackt in der Diele, als man am Morgen dieses unwirtlichen Tages das Küstenschiff durch das Schneegestöber tuten hörte.

Er genoß diese letzten Stunden in seinem Haus mit Tapferkeit, die sich mit Trauer mischte und mit Wagemut, der nicht ganz frei von Furcht war, wie es sich bei einem Helden, der zugleich auch ein guter Familienvater ist, nicht vermeiden läßt. Er saß im Sessel, rauchte wehmütig seine Zigarre und betrachtete liebevoll seine Kinder, die dort im Zimmer spielten; er versprach ihnen schöne Spielsachen, wenn er mit Gottes Hilfe irgendwann im Frühjahr zurückkommen werde. Und wie er so dasitzt und darauf wartet, daß es Zeit wird, an Bord zu gehen, und beobachtet, wie der spätwinterliche Schneesturm mit kalten Pranken gegen das Stubenfenster schlägt, hört er, wie die Haustür aufgeht, so daß der Wind fürchterlich durch alle Ritzen pfeift, und jemand atemlos Neuigkeiten berichtet, was im Haus keinen weniger heftigen Sturm zur Folge hat als den draußen; überall schlagen Türen, und man läuft treppauf und treppab, als ob Gespenster unterwegs seien, und schließlich wird auch die Tür zu dem Zimmer, in dem der Faktor sitzt, aufgerissen, und seine Gattin steht mit wirrem Blick auf der Schwelle und stößt die Worte aus:

Rannveig ist gekommen.

Ist Rannveig gekommen? sagt der Faktor und springt auf. Das ist aber ein Glück. Gott sei Dank.

Vielleicht hatte niemand Grund, für diese Nachricht mit bewegterem Herzen zu danken als der Faktor, denn kaum etwas birgt mehr Gefahren und unerwartete Zwischenfälle als weite Reisen über aufgewühlte Meere in der schlimmsten Zeit des Jahres, zumindest war seine Gattin nicht in gleicher Weise davon überzeugt, daß Anlaß dazu bestand, Gott zu preisen.

Gott sei Dank, sagst du. Das sieht dir ähnlich, tobte die Frau. Du denkst natürlich nur an dich selber, wie immer. Dich kümmert wohl das, was die Ehre des Hauses angeht, überhaupt nicht. Ich für mein Teil kann nur sagen, daß es für die Familie nicht mehr und nicht weniger als eine Schande ist –

Jaja, jaja, meine Liebe, ganz wie du willst, ganz wie du sagst, sagte der Faktor. Ja, es ist zweifellos ein wenig seltsam. Aber daß es eine Schande für die Familie sein soll –

Was denn sonst? fiel ihm die Frau ins Wort. Und was ist eine Schmach, wenn das keine ist? Wurde sie etwa nicht für zwei Jahre ausgestattet? Und wurde sie nicht bei vortrefflichen Leuten untergebracht? Was, glaubst du, wird man sagen?

Ganz wie du meinst, meine Liebe, sagte darauf der Faktor, denn in dieser Stunde war er glücklich, was auch immer geschehen mochte, und als die Frau in den Schneesturm hinausgelaufen war, um im Haus des Propstes ihre Schwester zu treffen, nutzte er die Gelegenheit, um unauffällig wieder seine Kisten auszupacken und sie voll Dankbarkeit gegenüber der Vorsehung auf dem Dachboden zu verstauen, und ging dann hinüber zum Arzt, um dort die inneren Stürme abzuwarten, die im Laufe des Tages durch das Haus toben würden.

Er kam übrigens erst spät am Abend heim, da war die Frau noch nicht zurück, deshalb wollte er schnell zu Bett gehen und fängt an, sich mit seinen Schnürsenkeln abzumühen, doch da kommt sie plötzlich zur Schlafzimmertür herein und hat diesen harten Zug um den Mund und in den Augen diese beißende Kälte, die immer anzeigte, daß etwas vorgefallen war, und dann war es üblich, die Schuld auf ihn zu schieben, und nun sieht sie natürlich zu allem Überfluß auch noch, daß er sich einen genehmigt hat, sie sieht es daran, wie ungeschickt und verstohlen er herumhantiert, um seine Schnürsenkel aufzubekommen.

Los, scher dich ins Bett, Björn, sagt sie kalt und bestimmt.

Siehst du denn nicht, Liebste, daß ich gerade versuche, die Stiefel auszuziehen, sagt er. Kein Wunder, daß es schwer geht, wenn es sich verknotet hat.

Hier stinkt, wie üblich, alles nach verdammtem Schnaps, sagt sie. Du hättest verdient, daß du jetzt draußen auf hoher See wärest, wie es ausgemacht war.

Aber darauf gab der Faktor keine Antwort, denn er mühte sich damit ab, diesen Knoten aufzumachen.

Da sagte die Frau:

Du bist und bleibst dir gleich, nichts als Egoismus. Dankst nur Gott, solange du selbst auf trockenem Land sitzt.

Ja, wie du, meine Liebste – auf trockenem Land.

Du fragst wohl nicht viel danach, was in der Familie passiert und die Ehre von uns allen angeht.

Nein, meine Liebe, das wagte ich nicht, sagte der Mann mit jenem liebenswürdigen Lächeln, das ihn auszeichnete, wenn er etwas getrunken hatte, und bei dem die Frau bisweilen den Verdacht hegte, es könne ein Zeichen unangebrachter und unverzeihlicher Ironie sein. Doch nun möchte ich dich fragen: Warum, meine Liebste, warum? – wenn ich mich so ausdrücken darf.

Da stellte sich die Frau vor ihrem Mann in Positur, die Hände auf den Hüften, mit einer Miene und in einem Ton, als sei er des Aufruhrs gegen den Heiligen Geist überführt, und schleuderte ihm ins Gesicht:

Meine Schwester Rannveig ist verlobt.

Der Mann bekam zunächst ein wenig Angst, doch als er sich wieder gefaßt hatte, antwortete er sanft:

Ja, aber da kann ich doch überhaupt nichts dafür, meine Liebe. Denn das weißt du selber, Thurid – und hier traten ihm die Tränen in die Augen, und er versuchte aufzustehen, was auch gelang, und er hielt das

Gleichgewicht, während er dieses Bekenntnis ablegte: und Gott im Himmel weiß, daß ich bereit bin, über jedes beliebige Weltmeer zu reisen und mein Leben tausendmal bei jedem verteufelten Nebelwetter, das kommen mag, aufs Spiel zu setzen – alles für die Ehre des Hauses.

Dann ließ er sich wieder auf das Ehebett fallen, mit dem Knoten in den Schnürsenkeln, und lachte freundlich. Denn heute abend kam ihm die Welt wirklich ganz ungewöhnlich wunderbar vor.

3. Die Hochzeit

Dem Faktor wurde nie auf formellere Weise von der Verlobung seiner Schwägerin Mitteilung gemacht, und er erfuhr nie, was auf der Konferenz gesagt oder beschlossen worden war, welche die drei Frauen, teilweise in Anwesenheit des Propstes, an jenem stürmischen Tag im Spätwinter abhielten, und zwar vom Morgen, als das Fräulein an Land stieg, bis Mitternacht, als die Teilnehmer entkräftet aus der realen Welt der Wohlanständigkeit in die nicht anerkannten Kontinente der Träume entschwebten. Über diese Konferenz existieren nur Volkssagen, für die man sich genausowenig verbürgen konnte wie für die Inquisition in Spanien. Eines der Dienstmädchen soll erzählt haben, die Beratung habe hinter verschlossenen Türen im Studierzimmer des Propstes stattgefunden, und fast den ganzen Tag über sei nichts Besonderes geschehen, abgesehen davon, daß die Frau des Faktors jeweils im Abstand von einer Stunde ihre Stimme erhob; da ging sie zum Angriff über. Dann legte sich die Aufregung wieder, und aufs neue herrschte eitel Freundlichkeit. Doch man schien keine Fortschritte zu machen, weder im Guten noch im Bösen. Erst gegen sechs Uhr abends, bei einem der heftigsten Angriffe, brach mit einem Mal eine Stimme durch, mit unbekanntem Klang, und zunächst kannte keiner diese Stimme oder ihren Klang; denn wie soll man eine Stimme, die man nur im Glück gekannt hat, in der Verzweiflung erkennen? Oder war irgendeine Unbekannte im Haus, vielleicht die Verrückte, die im vorletzten Jahr an einem Sonnentag auf der Landebrücke geweint hatte? Nein, nein, nein, sagte die alte Magd Elin, es soll keiner sagen, dies sei nicht das gute Fräulein, denn ich habe sie weinen hören, als sie ein kleines Kind war, wenn auch damals das Weinen weiter oben in der Brust saß und die Kehle besser nachgab. Die Ärmste, fügte sie hinzu, die gute Seele – diesen unendlich weiten Weg über das Meer hierher zu kommen, um im Haus ihres Vaters und ihrer Mutter so bitterlich zu weinen, und das bei diesem Wetter.

Nach und nach verstummte das eigentliche Weinen, doch noch lange danach hörte man im ganzen Haus die Schluchzer, es war, als ob sie ihren Ursprung tief unten in der Erde hätten und durch das Haus nach oben drängten, durch jede Wand, jeden Balken, und erst an der Dachkante anhielten, wo sie der Wind mitnahm. Und die Konferenz dauerte noch sechs weitere Stunden, bis schließlich gegen Mitternacht jene kurzgefaßte Erklärung geboren war, welche die Frau dem Faktor so schonungslos ins Gesicht schleuderte, das einzige offizielle Ergebnis von mehr als zwölf Stunden: Meine Schwester Rannveig ist verlobt.

Dagegen sickerte die Nachricht von der Verlobung bald ins Dorf durch, über die Frau des Arztes und die Frau des Buchhalters, die einige Tage nach der Rückkehr Rannveigs zum Kaffee in das herrschaftliche Haus eingeladen worden waren.

Mit allem habe ich gerechnet, sagte Frau Thurid, doch nicht damit, daß meine Schwester Rannveig sich so Hals über Kopf verlobt.

Und wer war der Glückspilz?

Doch Rannveig selbst gab keine Antwort auf diese Frage, sondern saß nur mit bleichen Wangen und Schatten unter den Augen da. Ihre Augen blitzten nicht einmal auf, als nach dem Verlobten gefragt wurde. Wo war die unschuldige Zufriedenheit der Augusttage?

Tja, das ist eine lange Geschichte, sagte Frau Thurid und lächelte vielsagend – aber daran, wie mich meine Schwester ansieht (dabei hatte die Schwester sie überhaupt nicht angesehen), merke ich, daß sie alle Geheimnisse für sich behalten will. Aber ich darf doch seinen Namen verraten, Ranka, oder nicht?

Was? sagte das Fräulein zerstreut, nahm sich dann aber rasch zusammen: Du weißt doch, daß du sagen darfst, was du willst, Schwester Thurid.

Er heißt Magister Bögelund, sagte daraufhin ihre Schwester. Er ist Gelehrter. Er ist in Dänemark sehr bekannt.

Dürfen wir gratulieren? fragten die Besucherinnen, und dann wurde Fräulein Rannveig mit großer Herzlichkeit gratuliert.

Er wird im Frühjahr seine Doktorarbeit an der Universität Kopenhagen verteidigen, sagte Frau Thurid.

Was Sie nicht sagen, Frau Thurid, sagten die Damen.

Er hat den Entschluß gefaßt, gleich danach hierher nach Eyvik zu kommen, denn er liebt Island sehr, sagte Frau Thurid. Er möchte, daß die Hochzeit hier gehalten wird. Der armen Rannveig blieb also nichts anderes übrig, als sofort heimzukommen, um sich an das Nähen ihrer Aussteuer zu machen. Bis dahin sind es nur noch gut zwei Monate. So etwas habe ich noch nie erlebt.

Die Besucherinnen wünschten Rannveig nochmals viel Glück und küßten sie noch inniger als zuvor.

Es ist herrlich, wenn man Menschen, die man gern hat, an der Schwelle zum Glück stehen sieht, sagten sie, als sie sie geküßt hatten. Gott sei gelobt.

Doch als die Wellen der Sympathie am höchsten gingen, warf die Welt des Unbegreiflichen ihren Schatten an die Wand; es war, wie wenn das Gesicht des Mondes plötzlich an einem wolkenlosen Tag das Gesicht der Erde verdunkelt: statt vor Freude zu strahlen, vergrub Fräulein Rannveig das Gesicht in den Händen und weinte, daß die Tränen an ihren Fingern herabliefen und ihr ganzer Körper vor Schluchzen zitterte.

Im Gefolge dieser Verlobungsnachricht verbreitete sich im Dorf eine andere Nachricht: Man schloß aus Anzeichen, die kaum weniger deutlich waren als die Blässe des Fräuleins und die Ringe unter ihren Augen, und das trotz der Tatsache, daß sie gleich nach ihrer Rückkehr wieder die isländische Tracht mit ihrem weitgebauschten Faltenrock angelegt hatte: es hieß, Fräulein Rannveig sei schwanger. Nun war es zwar völlig ausgeschlossen, daß deshalb irgend jemand dem Fräulein einen Vorwurf gemacht hätte, zumal man ja im voraus erkennen konnte, daß das Fräulein in einem untadelig sicheren Hafen gelandet war, auch wenn sich nicht leugnen ließ, daß sie ihre Jungfernschaft nicht länger behütet hatte, als es nach den strengsten Maßstäben von einer Frau ihres Standes gefordert wurde. Dennoch wirkte diese Nachricht in der winterlichen Eintönigkeit sehr beflügelnd auf die Phantasie. Gewiß war es ganz und gar nicht ungewöhnlich, daß ein Mädchen schon einige Monate vor der Heirat fülliger wurde, oder sogar ohne daß Aussicht auf eine Heirat bestand; solche Mädchen erlangten nach zwei, drei Jahren wieder ihren früheren Kurswert, und wenn sie dann nach dem Ereignis volle sieben Jahre tugendhaft blieben, wurden sie wieder zu reinen Jungfrauen. Dennoch war es so, daß ein Verhalten dieser Art zu den Privilegien des gemeinen Volkes gerechnet wurde und in Wahrheit unter den besseren Leuten so selten war, daß man sich tatsächlich an kein Beispiel dessen erinnern konnte, seit Ragnheid, die Tochter des Bischofs Brynjolf, sich irgendwann im siebzehnten Jahrhundert im Hause ihres Vaters von Dadi Halldorsson verführen ließ, was so schreckliche Folgen hatte, daß noch lange davon erzählt wurde. Obwohl es sich hier also keinesfalls um eine gewöhnliche uneheliche Schwangerschaft handelte, achtete die Herrschaft in Eyvik doch darauf, daß sich das Fräulein nie sehen ließ, man wollte nicht, daß sich die Aufmerksamkeit auf ihren körperlichen Zustand konzentrierte, sondern legte statt dessen größtes Gewicht auf die Hochzeitsvorbereitungen und wollte möglichst viele an diesen Vorbereitungen teilhaben lassen oder zumindest dafür interessieren. Zu diesem Zwecke ließ man den Propst Ende April in den Sprengel hinauf reiten, um zu erkunden, ob irgendwo ein Bauer ein passendes Stierkalb besaß, das er für die Hochzeit im Frühjahr verkaufen wollte, und er fand schließlich im Aspartal einen zwei Jahre alten Jungbullen, der zu verkaufen war, und der Bauer versprach, ihn für die Hochzeit zu mästen und zur festgesetzten Zeit Ende Mai nach Eyvik zu bringen. Ein Häusler in Eyvik, der fünf Enten besaß, wurde beauftragt, diese Enten so gut er irgend konnte für die Hochzeit zu mästen. Wer Hühner besaß, wurde beauftragt, diese Hühner bis zur Hochzeit möglichst gut zu füttern, denn nach den Berechnungen von Frau Thurid würde man nicht weniger als tausend Eier brauchen. Wer junge Hähne hatte, wurde ebenfalls dazu angehalten, sie für die Hochzeit zu mästen. Es wurden auch Vorkehrungen getroffen, dem Haushalt des Propstes die gesamte Sahne zu sichern, die es in der Gegend gab. Und man schickte in einen anderen Bezirk, um eine bestimmte Sorte von Kartoffeln besorgen zu lassen, die in geothermisch erwärmtem Boden mit passendem Sandgehalt wuchsen; diese Kartoffeln waren im ganzen Land dafür berühmt, daß sie besonders mehlig und süß waren. Und im Mai kamen die ersten Sendungen mit Hochzeitsweinen, drei Anker französischer Rotwein, sechs Kisten echter Kognak und dänischer Aquavit nebst verschiedenen anderen Getränken, darunter breitschultrigen Likörflaschen mit lateinischen Aufschriften und seltsamen Zeichen, die außer dem Propst niemand verstehen konnte.

Doch wie kam es, daß Fräulein Rannveig zu weinen begonnen hatte? Wie kam es, daß sie jetzt, da sie ihren Bräutigam erwartete, so unglücklich war, diese junge Frau, die ihr heimatliches Dorf mit Wärme und Glanz erfüllt hatte? Sie besuchte niemanden, ließ sich nicht mehr auf der Straße sehen, begrüßte keinen Gast, und nur von den Dienstmädchen konnte man etwas über sie erfahren; sie sagten, morgens hätte sie Ringe unter den Augen, und abends wäre sie vom Weinen verschwollen. Sie saß allein in ihrem Zimmer, flüchtete aber hinunter in den Kohlenkeller, wenn ihre Schwester kam, und wartete dort im Dunkeln, bis sie gegangen war. Anfangs konnte niemand verstehen, was es damit auf sich hatte, doch dann zog man aus diesen Nachrichten den Schluß, daß es mit der Verlobung des Fräuleins nicht ganz stimmte, und manche waren so boshaft zu vermuten, vielleicht sei dieser Bögelund gar kein so berühmter Magister, wie im Haus behauptet wurde, und jemand wollte erfahren haben, daß seine Doktorarbeit überhaupt nur im Kopf der Frau des Faktors existierte. Mehr wurde nie laut geäußert.

Dann begann man einzuladen. Dazu wurde ein Mann mit dem Boot auf die Inseln und in die Buchten geschickt und ein anderer zu Pferd in den Sprengel hinauf; zunächst wurden alle Honoratioren der Gegend eingeladen, dann alle besseren Leute bis hinunter zu den Besitzern mittelgroßer Höfe, von den ärmeren Leuten wurden nur die zum Fest gebeten, die sich durch irgendeine Tat oder Begabung ausgezeichnet hatten, wie etwa Männer, die im gesamten Bezirk als Verseschmiede bekannt waren oder als Geschichtenerzähler, künstlerisch begabte Handwerker, berühmte Seeleute, Männer, die unter schwierigsten Bedingungen im Gebirge überlebt hatten oder durch andere Katastrophen landesweit bekannt geworden waren, des weiteren altersschwache Stammbaumforscher und Kräuterweiber. Alle ließen dem Propst umgehend ihren Dank abstatten, wünschten ihm Gottes Segen und versprachen, zum Fest zu kommen.

Die Hochzeitsvorbereitungen erreichten während der letzten Tage vor Ankunft des Schiffes, das den Bräutigam nach Island bringen sollte, ihren Höhepunkt. Es waren Tage des Backens und Putzens. Die Küchen, sowohl im Haus des Propstes als auch im herrschaftlichen Haus, wurden in infernalisch glühende Kuchenfabriken und Brotmanufakturen verwandelt, wo geübte Bäckerinnen Tag und Nacht Teig rührten und in Formen füllten, Kuchen aus Öfen holten und zu Stapeln aufschichteten, Königskuchen, grün von Zitronat oder schwarz von Rosinen, wenn man sie aufschnitt, Sandkuchen, gelb von Eiern, mürbe von Zucker und Butter, riesige Schichttorten, triefend von köstlicher Marmelade, Halbmonde, Judenkuchen, Korinthenbrötchen, gerührte Kuchen, Kartoffelfladen, Prinzeßkuchen, Schmalzgebackenes, Apfelküchlein und Waffeln zu Tausenden, schwellende Weißbrote und rötliche, in der Glut gebackene Roggenlaibe.

Sowohl das Haus des Propstes als auch das herrschaftliche Haus wurden von oben bis unten saubergemacht;

Möbel, Bilder und Bettzeug wurden zum Auslüften in den frischen Frühlingswind hinausgetragen, jeder Winkel und jede Ritze wurden wie auf einer Entdeckungsreise aufgespürt und mit Seife und Soda bearbeitet, ein kleiner Fleck an der Wand gab Anlaß zu tiefsinnigen Erörterungen und führte zu bedeutungsschweren Folgerungen, Beschlüssen und Verfahrensweisen. Jede Staubflocke in einer Ecke hinter einem Möbelstück wurde rigoros entfernt, eine nicht sichtbare Staubschicht auf einem Schrank wie ein Erzfeind ausgetilgt, ein kleiner Schimmelrand an einem Bettgestell wurde das Ziel schonungsloser Angriffe, und nicht sichtbarer Moder unter Matratzen und in Unterbetten, selbst in den Betten der Dienstboten, mußten in diesem unerbittlichen Feldzug alle Hoffnung aufgeben; ja, hier wurde wahrhaftig um das Sein und nicht um den Schein gekämpft.

Als schließlich alles sauber geworden war und man anfing, die Sachen wieder in die Zimmer zu schaffen, erwuchsen neue Schwierigkeiten. Denn jetzt genügte es nicht, die Sachen wieder an ihren Platz zu stellen, sondern sie mußten mit größerem Kunstverstand und Geschmack angeordnet werden als zuvor. Die Herrschaft ging zwischen den Zimmern hin und her und gab Anordnungen, die sich widersprachen, jeder Schrank, jede Kommode, jeder Sessel, jedes Bild, alles wurde an verschiedenen Stellen ausprobiert – man neigte den Kopf zur Seite, kniff das eine Auge zu, dirigierte mit goldverziertem Ebenholzstock, diskutierte, stimmte ab, verwarf den Antrag bei Stimmengleichheit, so daß die Damen den Sieg davontrugen, müde Seufzer, Abwischen von Schweiß, Durst, keine Mahlzeit zur rechten Zeit. Und die Zimmer rochen penetrant nach allen Arten von Reinigungsmitteln nach dieser Sintflut von Hausputz. Das Gästezimmer im herrschaftlichen Haus wurde mit großer Sorgfalt für den Bräutigam, Magister Bögelund, hergerichtet. Selbstverständlich bereitet es kein geringes Kopfzerbrechen, wie das Zimmer für den Aufenthalt eines so hervorragenden Herrn auszustatten sei, und es wurden verschiedene Ausschüsse zugezogen und um ihre Meinung in dieser Angelegenheit befragt – zuerst die Putzfrauen und ein paar zufällig anwesende Frauen aus dem Volk, dann zwei Pfarrersfrauen vom Lande, die sich gerade im Ort aufhielten, um Einkäufe zu machen, daraufhin ein paar junge Mädchen von den Inseln, die in Reykjavik die Schule besucht hatten, schließlich der Arzt und seine Frau, und auf diese Weise wurde das Zimmer auf den Inseln, auf dem Land und im Ort berühmt. Als Frau Thurid aber die Angelegenheit mit jedem dieser Ausschüsse von Spezialisten ausführlich besprochen hatte, seufzte sie ratlos und sagte, natürlich hänge in dieser Sache alles von ihrer Schwester ab – sie habe ihr fest versprochen, ohne ihre Zustimmung keine endgültige Entscheidung zu treffen.

Schließlich war das Zimmer fertig: ein breites Bett mit zwei Daunendecken und einem bestickten Überwurf, zwei bequeme Sessel, die aus einem der Zimmer unten stammten, ein Schreibtisch mit einem enormen geschnitzten Tintenfaß und anderen Schreibutensilien, ein weiches Sofa mit vielen gestickten Kissen, ein kleiner Rauchtisch nebst einer Keramikdose mit einer englischen Tabakmischung und zwei Sorten holländischer Zigarren, ein Bücherregal mit einem griechischen und einem lateinischen Wörterbuch, den Isländersagas, dem Neuen Testament, den Erzählungen des Feldschers von Zacharias Topelius samt Björnsons Werken in Ganzleder sowie zwei alten Kirchengesangbüchern, das eine in

Holar, das andere in Videy gedruckt, teure und seltene Exemplare, und Ivanhoe von Walter Scott in einer Prachtausgabe, die der Faktor einmal einer plötzlichen Laune folgend in Edinburgh gekauft hatte. An den Wänden hing ein Bild der Venus von Milo, die hier stets von Milano genannt wurde, ein kleines Bild von einem Kind und einem Hund, mit dem Titel: Kannst du nicht sprechen, und ein prachtvoller Farbdruck von Venus und Psyche; im Haus des Faktors war es schon seit langem eine Art Gesellschaftsspiel, daß man erraten sollte, welche der beiden Frauen Venus und welche Psyche war, ohne daß bis heute irgend jemand zu einen schlüssigen Ergebnis gekommen wäre, man rechnete damit, daß Magister Bögelund es sogleich erkennen könnte. Der Bodenbelag hatte ein Blumenmuster, bei dem die rote Farbe vorherrschte, und vor dem Fenster, das zum Meer hinausging, hingen doppelte Gardinen, eine aus gelber Seide und darüber eine andere aus grünem Damast; und wenn man an den stillen Spätabenden im Frühling aus diesen Fenstern blickte und sah, wie die Felsen am Strand und die nahen Schären bei Flut durchsichtige Schatten auf den Meeresspiegel warfen und die Eiderente vergnügt in allen Buchten herumschwamm, oder am Morgen, wenn Landzungen und Inseln grün der frühen Sonne entgegenlachten und die draußen am Horizont gelegenen Schären sich in Luftspiegelungen wie Burgen zum Himmel erhoben, dann mußte man Island ganz einfach ein majestätisches Land nennen, und man war fest davon überzeugt, daß Magister Bögelund einen solchen Anblick gebührend zu schätzen wissen würde.

Am Abend vor der Ankunft des Schiffes war all dies aufs beste geordnet; da kommt Frau Thurid in Begleitung einiger angesehener Frauen aus der Gegend, um

Fräulein Rannveig abzuholen, denn jetzt soll sie darüber befinden, ob diese Unterbringung den Ansprüchen ihres Bräutigams auch in allen Dingen gerecht würde. Nachdem Frau Thurid lange mit ihrer Schwester unter vier Augen gesprochen hatte, kamen sie zusammen aus dem oberen Stockwerk herunter, die Schwester konnte sich kaum aufrecht halten, ihre Augen waren verschwollen, ihre Wangen und ihr Mund dagegen schlaff; man begrüßte sie mit gerührten, liebevollen Umarmungen, doch sie antwortete nicht darauf und stieß alle weg. Dann machten sie sich auf den Weg hinüber zum Haus, wie eine Prozession in der Abendsonne, und die bunten Schleifen auf ihren Busen und die schillernden Seidenschürzen leuchteten. Die einfachen Frauen kamen aus den Türen ihrer Hütten und betrachteten voll Bewunderung die Prozession und sagten:

Jetzt wollen sie ihr das Zimmer ihres Verlobten zeigen.

Andere sagten:

Ach, das liebe Mädchen, ist es nicht seltsam, wie gebeugt sie geht, obwohl das große Glück auf sie wartet.

Ja, antworteten wieder andere. Und sie lächelt keinem mehr zu. Es ist, als ob das Leben in ihren Augen erstarrt sei.

Sie hatte nicht nur aufgehört zu lächeln, sie antwortete auch fast gar nicht mehr, wenn sie angesprochen wurde; sie ging mit gesenktem Kopf inmitten der Frauenschar, und es war, als ob sie nichts sähe und nichts hörte.

Sah sie wirklich nichts? Doch, sie sah einen Mann, er kam den Weg vom Laden herunter und blieb auf der Brücke über dem Graben stehen, wo der Weg vom Laden in die Straße einmündet, dort stand er ehrfurchtsvoll, während die prächtige Schar feierlich an ihm vorüberzog. Er trug den gleichen blanken Kammgarnanzug wie im vergangenen Herbst und hatte inzwischen auch nicht mehr Butter aufs Brot gegessen, seine Augen waren ein wenig blutunterlaufen, und die Falten auf seinen Wangen waren eher tiefer geworden, doch als er mit der Hand nach seiner Mütze griff, konnte man erkennen, daß er keine häßliche Hand hatte, auch wenn sie vielleicht nach allen möglichen Waren roch.

War es deshalb, weil der gute alte Schutzgeist des Ortes sich plötzlich wieder in ihrer Person niederließ, daß sie jetzt den Kopf hob, seinen Gruß erwiderte und zu lächeln versuchte? Niemand kannte damals oder später eine Erklärung für das Geheimnis, das sich hinter diesem Gruß verbarg, und für das, was danach geschah. Denn niemand ahnte, daß er ihr im letzten Jahr an dem denkwürdigen Tag vor der Ankunft des Schiffes ein bißchen Geld gegeben hatte, um eine Kleinigkeit für ihn zu besorgen, wofür sie den ganzen Winter Zeit gehabt hätte. Und sie hatte es entweder vergessen, oder aber es gab in Kopenhagen keinen Sabadillsamen. Sei getreu über wenigem und ich werde dich über viel setzen, spricht der Herr, und jetzt war sie zurückgekommen, ohne Samen für ihn gekauft oder sich bei ihm entschuldigt und ihm sein Geld zurückgegeben zu haben. Und als sie nachdenklich etwa zwanzig Schritte mit den Frauen weitergegangen war, hielt sie plötzlich an und blickte zurück, doch da war Hans der Ladengehilfe schon in die andere Richtung auf der Straße weitergegangen. Sie rührte sich nicht und sah ihm nach.

Wonach schaust du denn, Liebes? fragten die Frauen.

Doch da begann sie mitten auf der Straße in der Abendsonne zu weinen, sie schlug die Hände vors Gesicht und weinte.

Was hast du denn, Liebes? fragten die Frauen und umarmten sie.

Ich habe ihn betrogen, schluchzte sie unter Tränen, und dann immer wieder: Ich habe ihn betrogen.

Mehr sagte sie nicht.

Es war jedoch unmöglich, sie dazu zu bewegen, bis zum Haus hinüber weiterzugehen, um ihr Urteil über das Zimmer ihres Bräutigams abzugeben.

Ihr könnt weitergehen, sagte sie. Ich gehe heim.

Sie ist nicht bei Sinnen, flüsterte Frau Thurid, doch sie hörte es, nahm die Hände vom Gesicht und sah ihre Schwester mit verstörtem, tränennassem Blick an, nein, das war kein Haß und auch kein Zorn, es war nur die kleine Schwester, die die große Schwester einen Augenblick entsetzt ansah, und sie sagte nichts Häßliches, denn es war ihr nicht gegeben, zu irgendeinem lebenden Wesen etwas Häßliches sagen zu können, sie sagte nur: Sicher bin ich bei Sinnen. Aber du bist nicht bei Sinnen, Thurid.

Dann drehte sie sich um, und den Frauen blieb nichts anderes übrig, als sie nach Hause zu begleiten.

Endlich war der langersehnte Ankunftstag des Schiffes angebrochen, es war einer dieser klaren Frühlingstage, die wir alle kennen und die bei vielen von uns mit den schönsten Erinnerungen des Lebens verbunden sind. Fahnen wehten sowohl am Haus des Propstes wie am herrschaftlichen Haus; ebenso beim Buchhalter. Und noch ehe das Schiff draußen auf der Reede getutet hatte, stieß das Boot des Faktors vom Land ab, es war weiß, und in ihm befanden sich der Faktor und seine Frau und der Propst, die Herren beide in schwarzen Mänteln, mit schwarzen, gerundeten Hüten von der steifsten Sorte und mit goldverzierten Ebenholzstöcken, würdevoll, kerzengerade, und die Frau des Faktors in isländischer Tracht mit hellem Umschlagtuch und weißen Handschuhen, offensichtlich ein wenig nervös, aber stattlich und Achtung einflößend, wie immer, und sie kommandierte die Ruderer herum, weil sie immer herumkommandieren mußte. Immer mehr Schaulustige kamen zur Anlegebrücke herunter, um zuzusehen, wie die Herrschaft hinausfuhr, um ihren Schwiegersohn zu begrüßen. Und es paßte genau, als das Schiff getutet hatte und man daranging, die Anker auszuwerfen, da legte das Boot des Faktors an der Schiffsseite an.

Es verging eine ganze Weile, und je länger sich die Leute an Bord des Schiffes aufhielten, desto mehr Zuschauer versammelten sich auf der Anlegebrücke, Frauen und Männer, Kinder, Greise und Hunde, und alle warteten gespannt darauf, einen Blick auf den Bräutigam werfen zu können, wenn er an Land ging.

Schließlich stieß das weiße Boot des Faktors wieder von der Schiffsseite ab und nahm Kurs auf die Anlegebrücke, und sofort kam eine gewisse Unruhe in die Zuschauer, jeder wollte sich vor die anderen an den Rand der Brücke drängeln, um die beste Aussicht auf den Bräutigam zu haben, während das Boot näherkam. Aber das Boot hatte noch nicht einmal die Hälfte des Weges zwischen Schiff und Land zurückgelegt, als die, die am besten sahen, verkündeten, im Boot seien nicht mehr Leute als zuvor, worauf alle die Hand über die Augen legten, und als das Boot immer näher herankam, ließen sich auch die Kurzsichtigeren allmählich davon überzeugen, daß hier etwas nicht stimmte. Das Boot kam nicht nur mit denselben Passagieren an seinen Ausgangspunkt zurück, sondern auf dieser kurzen Ruderfahrt waren Dinge geschehen, die eine grundlegende Änderung des

Seelenzustandes der dreiköpfigen Abordnung bewirkt hatten, die steife Haltung war plötzlich in feierliche Demut verwandelt, die Würde in Herzenskummer. Der Propst hatte den Kragen seines Mantels hochgeschlagen und seine Brille abgenommen, er hielt sich die Hand vor die Augen und neigte im Gebet den Kopf auf die Brust. Im Heck des Bootes saß der Faktor, der verzweifelt seine Frau umarmt hielt; die Frau des Faktors weinte mit krampfartigem Schluchzen im Arm ihres Mannes und nahm das Taschentuch nicht vom Gesicht, doch dem Faktor gelang es nicht, seine Frau zu trösten. Während man ihnen, die von der Übermacht des Schicksals wie gelähmt waren, beim Aussteigen half, verbreitete sich die Nachricht mit eiskaltem Flüstern in der Menge: Er ist gestorben. Statt des Bräutigams war es die Trauer, die an diesem wundervollen Frühlingsmorgen im Mai in Eyvik Einzug hielt, während die Schären sich als Luftspiegelungen wie Burgen vom Himmel abhoben. Zehn Minuten später wehten die Fahnen am Haus des Propstes und am herrschaftlichen Haus auf halbmast; ebenso beim Buchhalter.

Als aber noch am selben Tag ein Mann über Land und zu den Inseln geschickt wurde, um die Hochzeit abzusagen und bekanntzumachen, daß Magister Bögelund am Tag vor der Abreise des Schiffes unerwartet in Kopenhagen verstorben sei, da hörte man wieder einige die boshafte Vermutung aussprechen, die zwar in der breiten Öffentlichkeit nie Fuß gefaßt hatte, im zeitigen Frühjahr aber doch vereinzelte Anhänger gefunden hatte, daß dieser Bögelund vielleicht gar kein so großer Magister gewesen sei, wie es im Haus geheißen hatte, und daß seine Doktorarbeit nur im Kopf der Frau des Faktors existiert habe. Einzelne Leute waren so unverfroren zu behaupten, alle hätten von Anfang an gewußt, daß es nie ein Fest geben würde. Doch selbstverständlich waren die anderen viel zahlreicher, die tief ergriffen waren, als sie von diesem Schicksalsschlag erfuhren, und dem Propst aus diesem Anlaß die aufrichtigsten Beileidsbezeugungen und Gottes Segen schickten.

4. Wohltätigkeit und Handarbeiten

So gab es schließlich keine Macht zwischen Himmel und Erde, die hätte verhindern können, daß Fräulein Rannveig ein uneheliches Kind bekam. Und wie man auch über die Sache denken mochte, es ließ sich nicht abstreiten, daß dies ein Kind war. Es war ein schöner Junge mit blauen Augen, und wenn er schlief, konnte sie ihren Blick nicht davon abwenden, wie rosig und glücklich er war. Sie wachte über ihm und liebte ihn. An den ersten Tagen im Juni stand sie mit ihrem Sohn auf der Wiese vor dem Haus ihres Vaters, die Sonne goß ihre Strahlen über Mutter und Kind, und die Vögel sangen. Nichts konnte so einfach und ungekünstelt sein in seiner Schönheit und gleichzeitig weiter entfernt von der Vorstellung, sich für seine Existenz entschuldigen zu müssen, nichts schien von vornehmerer Herkunft zu sein als die Liebe und Schönheit, die von Mutter und Sohn auf der grünen Wiese ausging.

Das stille Mutterglück –

Und sie lächelte wieder allen zu, die vorbeigingen, sie zeigte ihnen ihren Sohn. Und alle, die vorbeigingen, bewunderten ihren Sohn und wünschten ihnen Glück und Gottes Segen. Und manchmal ging sie mit ihrem Sohn ins Dorf hinaus, wenn die Sonne in der mittäglichen Windstille am wärmsten leuchtete, und zeigte auch den armen Häuslerfrauen ihren Sohn, denn jetzt fühlte sie sich genauso reich wie diese. Und die Frauen jagten ihre Kinder aus dem Haus und neigten sich über den Sohn des Fräuleins und lobten ihn. Alle freuten sich so über das Glück der Tochter des Propstes. Es war herrlich in Eyvik.

Frau Thurid jedoch stattete ihrer Schwester nicht mehr so häufig Besuche ab wie in der Zeit vor der Hochzeit; es schien ihr schwerzufallen, ihrer Schwester zu vergeben, daß Magister Bögelund zu diesem entscheidenden Zeitpunkt plötzlich verstorben war. Und irgendwie verbreitete sich das Gerücht, Frau Thurid habe im Hochsommer einmal ihre Mutter aufgesucht und sie eindringlich gebeten, dafür zu sorgen, daß ihrer Schwester nicht erlaubt werde, vor aller Augen mit diesem Gör im Ort herumzuziehen, zumindest nicht am hellichten Tag. Aber glücklicherweise wurde es nach den Hundstagen regnerisch und kühl, so daß man sowieso nicht mehr immerzu mit dem Kind im Ort herumziehen konnte.

Ende August veranstaltete der Vater des Faktors in Adalvik ein großes Fest, denn seine Tochter verheiratete sich mit dem dortigen Arzt; die Herrschaft in Eyvik war natürlich auch eingeladen, und der Propst sollte die Trauung vornehmen. Leider konnten der Faktor und seine Frau nicht zu dem Fest fahren, denn der Faktor mußte sich auf eine Auslandsreise begeben, und seine Frau war mit den Vorbereitungen für seine Reise beschäftigt. Fräulein Rannveig meinte auch, sie könne auf keinen Fall ihren Sohn verlassen, und wäre es auch nur für drei Tage, denn sie liebte ihn so innig. Nach langem Zureden ließ sie sich jedoch davon überzeugen, daß es ihr guttäte, sich ein paar Tage von ihrem Sohn auszuruhen und Ablenkung zu finden, und daraufhin fuhr das Fräulein mit den Eltern zur Hochzeit. Die Hochzeit der Tochter des Faktors in Adalvik war so anberaumt worden, daß am selben Tag das Schiff nach Eyvik kam, und um es kurz zu sagen, als der Propst und seine Frau mit ihrer Tochter von dem

Fest zurückkehren, sind der Faktor und seine Frau einen Tag zuvor mit dem Schiff abgereist und haben den kleinen Jungen, den Sohn des Fräuleins, auf Wunsch seiner Großmutter in Kopenhagen mitgenommen.

Als Fräulein Rannveig in ihr Zimmer trat, war die kleine Wiege fort, das Fläschchen verschwunden, seine winzigen Kleider alle aus der Kommodenschublade entfernt, und das ganze Zimmer war geputzt und gelüftet worden, als ob das Kind gestorben wäre, so daß nicht einmal mehr der gute Milchgeruch seines kleinen Körpers in der Luft war, außer der Erinnerung an sein Lächeln in ihrer Seele war nichts zurückgeblieben.

Auch wenn es seltsam scheinen mag, so kam dies für keinen im Dorf unerwartet – außer für Fräulein Rannveig. Dem Dorf war nämlich genau davon berichtet worden, daß aus Kopenhagen viele Briefe gekommen seien, sowohl an die Frau des Propstes und die Frau des Faktors, als auch natürlich an das Fräulein, sie kamen von der alten Witwe Bögelund, der Mutter des verstorbenen Magisters Bögelund, und die alte Dame war eher tot als lebendig vor Schmerz über den Verlust ihres einzigen Sohnes, sie hatte nur noch einen Wunsch im Leben, nämlich den, während ihrer letzten Jahre ihren Enkel um sich haben zu dürfen und ihm eine Erziehung angedeihen zu lassen, wie sie sich für eine alte, wohlhabende Familie, die in Dänemark berühmt war, ziemte. Jeder müsse verstehen, daß der Junge, auch wenn es ihm hier in Island gutginge, in einem kleinen Dorf in der Nähe des Nordpols nie eine solche Erziehung bekäme, wie sie ihm bei seiner Großmutter in Kopenhagen zuteil würde.

Einige sagten, Fräulein Rannveig sei in Ohnmacht gefallen. Aber wer wußte, ob das stimmte? Man darf nicht alles glauben, was erzählt wird! Fest stand nur, daß sie, gelinde gesagt, in diesem Winter sehr kränklich war, zunächst hütete sie im Herbst wochenlang das Bett und war gewiß krank, denn der Arzt kam zweimal täglich ins Haus des Propstes und schien dafür gut bezahlt zu werden, denn er war nicht dazu zu bewegen, sich Außenstehenden gegenüber zu ihrer Krankheit zu äußern. Ende Oktober wurde sie schließlich zur Untersuchung nach Reykjavik geschickt, und ihre Mutter fuhr mit ihr auf dem Dampfschiff, das war kurz bevor der Faktor und seine Frau wieder nach Hause kamen. Sie wurde auf einer Bahre an Bord gebracht, und obwohl sie nur zur Untersuchung geschickt wurde, schien die Sache doch so ernst zu sein, daß der Arzt den Krankentransport in die Hauptstadt begleiten mußte und erst zu Beginn der Adventszeit wieder zurückkehrte. Er brachte die Nachricht mit, daß es dem Fräulein schon wieder viel besser gehe, die Untersuchung habe nichts irgendwie Gefährliches zutage gebracht, die Ortsveränderung hatte ganz hervorragend auf sie gewirkt, er rechnete damit, daß sie sich während des Winters in Reykjavik vollends erhole, Mutter und Tochter hätten die Absicht, im Frühjahr wieder nach Hause zu kommen.

Dann kam das Frühjahr, und Mutter und Tochter kamen wieder nach Hause, die alte Dame breitschultrig und beleibt, eine lichte, stattliche Erscheinung mit glänzendem Haar, wie aus Gold- und Silberfäden, ihre Tochter hohlwangig und grau, mit erloschenem Blick, sie schien schlecht zu hören, lächelte keinem zu, zweiunddreißig Jahre alt. Sie blieb nur eine Nacht daheim im Dorf, man brachte sie sogleich aufs Land, wo sie den Sommer über beim Pfarrer von Stadur und seiner Frau war, einem im ganzen Bezirk angesehenen Ehepaar; dort arbeitete sie den ganzen Sommer mit den Töchtern des

Pfarrers bei der Heuernte, manche sagten, auf ärztlichen Rat, was durchaus stimmen mochte, denn im Herbst kam sie wohlgenährt und sonnengebräunt nach Eyvik zurück, mit Schwielen und Schrunden an den Händen; ihre Jacke paßte nicht mehr richtig, doch sie hatte ihre Fröhlichkeit wiedergefunden. Und im Winter machte sie sich wieder mit größerem Eifer als je zuvor an ihre Handarbeiten, sie begann, auf einem isländischen Webstuhl mehrbindig zu weben, und versuchte es sogar mit einem sechzehnschäftigen Muster, doch das ging ziemlich langsam, deshalb bestellte sie sich einen schwedischen Webstuhl und fing an, sich auf der Grundlage dessen, was sie in Kopenhagen gelernt hatte, in die Kunstweberei einzuarbeiten; und sie war dabei so geschickt, daß sie im Jahr danach auf der Handwerksausstellung in Reykjavik einen Preis für ihre Gewebe erhielt. Jetzt kamen verschiedene tüchtige Mädchen aus den benachbarten Gemeinden und wollten diese Kunst erlernen, so daß sie schließlich noch einen schwedischen Webstuhl bestellen mußte; sie richtete eine Kunstwebschule ein, ihr vorderes Zimmer im oberen Stockwerk wurde als Unterrichtsraum verwendet. Sie sprach oft davon, daß sie sich gerne in der Hauptstadt niederlassen wollte, um dort eine Handarbeitsschule für junge Mädchen und vielleicht auch für Burschen zu gründen. Bisweilen redete sie davon, als ob es beschlossene Sache sei, aber als es dann Ernst wurde, ließ sie diesen Plan fallen, denn ihre Eltern baten sie unter Tränen, sie nicht zu verlassen. Sie konnten sie im Alter nicht entbehren, ihren Augenstern, und sie war so herzensgut und liebte ihre Eltern so sehr, daß sie es nicht über sich brachte, sie im Stich zu lassen. Und so blieb sie. Und die alten Eheleute hatten sie so gern, den Augenstern ihrer alten Tage, daß sie, wenn ihre Tochter eine kleine Reise unternahm und dabei auch nur eine Nacht fortblieb, die Wirtschafterin aus dem Haus mitschickten; sie sollte achtgeben, daß Rannveig nicht über irgendeinen Stein stolperte. Zu Hause wurde sie ständig umsorgt. Schwierig, einen Menschen zu finden, der von seiner Familie mehr Liebe empfing.

Und die Jahre vergingen, eins nach dem andern, und allmählich begann man alles zu vergessen, Fräulein Rannveigs Abenteuer in Dänemark, den Bräutigam, der starb, den Jungen, der zur Welt kam, es war, wie wenn über Ruinen Gras wächst, ja plötzlich waren fünf Jahre vergangen, seitdem dies geschah, nur noch zwei Jahre und Fräulein Rannveig würde wieder Jungfrau sein. Sie hatte sich wieder ganz erholt, ihre graublauen Augen strahlten von neuer Lebenskraft, das war dem Weben zu verdanken, doch ihre Gesichtszüge fingen an, ein wenig schärfer zu werden, besonders wenn es kalt war, die frische Farbe der Jugend war aus den Wangen verschwunden und die Lippen vielleicht manchmal ein wenig bläulich, und unter den Augen bildeten sich Fältchen, die Hüften fingen an, vom langen Sitzen am Webstuhl schwerer zu werden, der Busen war nicht mehr so üppig, und dennoch wirkte sie sehr anziehend, nun war ihre Sanftmut mit Lebenserfahrung gepaart; nur das Gehör wurde immer schlechter, eine Folge der Krankheit vor einigen Jahren.

Es war bezeichnend für sie, daß es ihr nicht nur unmöglich war, mit irgendeinem Menschen in Feindschaft zu leben, sondern daß sie auch alle mit ihrer Liebe bedenken wollte. Es hieß, daß die Beziehungen zwischen den Schwestern eine Zeitlang sehr kühl gewesen seien, doch dann vergaben sie einander und saßen beim Gottesdienst in der Kirche Seite an Seite und halfen einander und liebten einander. Fräulein Rannveig genügte es aber nicht, sich mit ihrer Schwester zu versöhnen, sondern sie versöhnte sich mit der ganzen Welt, insbesondere verspürte sie in sich einen stärkeren Drang als je zuvor, denen zu helfen, die in Not waren. Deshalb suchte sie ihre ältere Schwester auf und schilderte ihr das Elend der armen Leute im Dorf und schlug vor, das herrschaftliche Haus solle mehr für die Bedürftigen tun, nicht zuletzt für die armen kinderreichen Familien, und ganz besonders vor hohen Festtagen. Denn ihrer Ansicht nach sollten die gewöhnlichen Leute wenigstens an hohen Festtagen leben dürfen. Frau Thurid war ein wenig kurz angebunden und sagte, sie hätte selbst ein Haus voller Kinder und habe deshalb keine Zeit, sich um anderer Leute Kinder zu kümmern. Aber ein halbes Jahr später war es niemand anders als Frau Thurid, die zu ihrer Schwester kam und sagte, sie habe über die Sache mit der Wohltätigkeit nachgedacht. Sie sagte, sie sei zu dem Ergebnis gelangt, daß sie zusammen mit einigen anderen besseren Frauen in der Gemeinde einen Frauenverein gründen und zu Weihnachten ein bißchen für arme Kinder nähen sollten. Sie hatte bereits mit den wichtigsten Frauen in der Gegend und im Ort gesprochen, die Gründungsversammlung war schon anberaumt, und Frau Thurid hatte es bewerkstelligt, daß ihre Schwester für den Vorsitz vorgeschlagen wurde. Dann verlief alles, wie es verlaufen sollte, und Fräulein Rannveig wurde zur Vorsitzenden gewählt, und alle waren damit zufrieden, denn da man dem Fräulein dieses ehrenvolle Amt übertragen hatte, war es ganz klar, daß ihr Ansehen vollständig wiederhergestellt war. In wenigen Jahren würde sie wieder Jungfrau sein, und dann gäbe es nichts mehr, was seinen Schatten auf die Ehre des Hauses werfen könnte.

Wie man sich denken kann, trug Fräulein Rannveig die Last und Bürde dieses Frauenvereins fast ganz allein, denn wenn die besseren Frauen mit dem abgetragenen Zeug ihrer Kinder kamen, das zudem noch schmutzig war und voller Löcher, und es den armen Kindern zu Weihnachten schenken wollten, dann brachte Fräulein Rannveig es einfach nicht übers Herz, ihnen zu sagen, daß man so etwas nicht verschenken könne, sondern sie verbrannte den Plunder stillschweigend und saß selbst nächtelang auf, um richtige Kleider zu nähen, die sie dann im Namen dieser oder jener besseren Frau den armen Frauen für ihre Kinder schenkte. Ihre Tätigkeit bestand also nicht zuletzt darin, andere in dem Glauben zu belassen, daß sie besser seien, als sie wirklich waren, während sie dann heimlich alle guten Werke selbst tat. Wo immer jemand sich in Not befand, war sie da, um Beistand zu leisten. Und alle, die in irgendwelchen Schwierigkeiten waren, und war es auch nur wegen Abenteuern in Gefühlsdingen, kamen zum Haus des Propstes und wollten mit ihr sprechen.

Es sollte genügen, den Tischler Andres und seine Familie als Beispiel für die Hilfsbereitschaft Fräulein Rannveigs zu erwähnen. Dieser Tischler Andres hatte nicht gerade Glück gehabt im Leben: er stammt aus einem anderen Bezirk, war erst fünfunddreißig Jahre alt, hatte aber schon mit fünfundzwanzig geheiratet und hatte mit seiner Frau neun Kinder, jedes Jahr war eines geboren worden, manchmal sogar zwei, und außerdem hatte er noch das Pech gehabt, zweimal ein außereheliches Kind in die Welt zu setzen. Wie sollte der Mann diese Kinderschar versorgen können? Er war zwar tüchtig und ein sehr geschickter Handwerker, einer von denen, die zu allem zu gebrauchen waren, und außerdem recht belesen, er konnte sogar dichten; ein rotblonder, lebhafter Mensch und ein guter Sänger. Nun hatte er im Sommer immer hier und dort im Landesviertel mehr als genug zu tun, aber diese Arbeit war so schlecht bezahlt, daß es kaum zu mehr reichte als dem Schnaps für seine Freunde; daran, daß er sich ein Haus bauen könnte, war nicht zu denken, sondern er wohnte mit Kind und Kegel unten auf der Landzunge in einer Baracke, die den Regen durchließ, vielleicht war es auch Nachlässigkeit, auf jeden Fall tollten die Kinder winters wie sommers am Strand herum und aßen Flohkrebse, wie die Franzosen. Die Frau war immer mit dem nächsten schwanger, und selbstverständlich waren nie anständige Kleider für diese Schar vorhanden, sondern die Neugeborenen wurden für gewöhnlich in eine Wolldecke eingewickelt, die man sich in der nächsten Hütte auslieh. Diesen Leuten half das Fräulein oft, sie schenkte den Kindern Kleider und ließ der Frau Essen bringen, wenn sie im Wochenbett lag, und einmal, als die Frau im Wochenbett war, da machte sie kurzerhand die ganze Hütte von oben bis unten sauber, während Andres beim Arzt war und sang. Es bestand kein Zweifel daran, daß der Tischler ein wenig leichtsinnig war, wie alle Männer, die gern singen, und es kam vor, daß man ihn an dunklen Winterabenden mit einer Frauensperson in der Nähe der Fischköderschuppen des Propstes herumschleichen sah, doch wen kümmerte das? Schließlich sah er ein, daß dies nicht bis in alle Ewigkeit so weitergehen konnte; er überlegte hin und her und gelangte zu dem Ergebnis, daß es wohl das beste wäre, wenn er nach Amerika ginge. Aber wie wollte er denn mit einer Frau und neun Kindern nach Amerika kommen? Er ging zu Fräulein Rannveig. Glaubte sie, fragte er, daß sie ihm ein Darlehen für das

Fahrgeld beschaffen könnte, zum Beispiel beim Propst, ihrem Vater, oder beim Faktor, ihrem Schwager? Er hatte gehört, daß es nur ganz wenig kostete, mit einem Auswandererschiff nach Amerika zu fahren, und hatte ausgerechnet, daß er, wenn er den Tischlerlohn in Amerika zugrunde legte, dem Fräulein das Geld für die elf Fahrkahrten in zwei Jahren zurückbezahlen könnte. Das Fräulein überlegte sich die Sache ernst und gewissenhaft, wie man es von ihr gewohnt war, und sprach darüber mit ihrem Vater und ihrem Schwager, aber beide wiesen das Ansinnen weit von sich, weil beide meinten, es sei besser, den Tischler bei der Hand zu haben, wenn man ihn brauchte, zumal kaum Gefahr bestand, daß er in absehbarer Zeit der Gemeinde zur Last fallen würde, denn er war aus einem anderen Bezirk gebürtig. Sie fanden, daß es entschieden zu weit ginge, wenn das Fräulein jetzt erwartete, daß sie große Geldsummen ausgaben, um Leute ins Ausland zu verfrachten, und sie sagten, wie nicht anders zu erwarten, daß die Wohltätigkeit auch irgendwo ihre Grenzen haben müsse.

5. Naturam expellas furca …

So vergeht die Zeit; Fräulein Rannveig ist nun sechsunddreißig Jahre alt und hat sich, wie schon erwähnt, mit ihren Webarbeiten einen guten Namen gemacht, und ihr Ansehen wuchs ständig; bald waren sieben Jahre vergangen. Doch die Leute sagten, sie bewahre jetzt und für alle Zeiten in ihrer Brust jene große Liebe, die ihr einst die Mutterschaft gebracht und dann den leuchtendsten Freudentag des Lebens in den Tag düsterster Trauer verwandelt hatte. Es hieß, sie würde nie einen anderen Mann als den verstorbenen Magister Bögelund lieben können, und sie sei in seinem Angedenken so gut zu allen, daß sogar die Tiere im Dorf sich zu ihr hingezogen fühlten. Die Leute sahen denn auch in ihrer Person ein Symbol dessen, wie die Liebe sich in Trauer verwandelt und das Glück, das einem nicht zuteil wird, in Religion, die erst im jenseitigen Leben ihre Erfüllung findet. Die Leute begegneten ihr mit Ehrerbietung, und in den Augen junger Männer war sie ein Sinnbild der Unnahbarkeit. Es kann nicht verwundern, daß die Bewohner des Ortes erschraken, als ein neues Gerücht aufkam, das im Widerspruch stand zu allem, was die Leute von Fräulein Rannveig geglaubt hatten und was im Bewußtsein der Allgemeinheit mit jedem Jahr festere Formen angenommen hatte. War dann plötzlich das Bild, das sich die Leute von Fräulein Rannveig gemacht hatten, von der Wand genommen worden? Nein, natürlich nicht so plötzlich, doch das Gerücht ging weiterhin um, zunächst nur mühsam, doch dann immer bestimmter. Es hieß, sie wäre wieder schwanger.

Hatte man so etwas schon gehört! Wie in aller Welt konnte es den Leuten einfallen, einen solchen Unsinn zu verbreiten? Es ließ sich natürlich nicht abstreiten, daß das Fräulein ein bißchen dick in der Taille war, aber das kam vom Sitzen am Webstuhl, eine Arbeit dieser Art bringt es mit sich, daß die Hüften im Laufe der Zeit breiter werden. Nun konnten alle im Dorf bezeugen, daß das Fräulein all die Jahre nie mit einem Mann in Verbindung gebracht worden war, nicht einmal ganz draußen am Horizont hatte man die Spur eines Freiers entdeckt, abgesehen von unschuldigen Kaffeesatzfreiern, die beim Wahrsagen aus der Tasse aufgetaucht waren, und niemand konnte sich einbilden, sie wäre von einem solchen Spaß unnatürlich dick geworden. War es dann der Heilige Geist, der sie überschattet hatte, wie es an einer Stelle in der Bibel heißt? Nein, keine ungehörigen Scherze, liebe Freunde und Brüder! Die Leute grübelten weiter Tag und Nacht über diese rätselhafte Angelegenheit nach. Und schließlich waren die Tage und Nächte zu Monaten geworden, und die Entwicklung der Tatsachen brachte alle zweifelnden Stimmen endgültig zum Schweigen: Fräulein Rannveig, die Tochter des Propstes, war schwanger.

So eigenartig ist die Natur.

Nun wußten alle, daß Fräulein Rannveig, wenn sie sich etwas daraus gemacht hätte, nur die Hand auszustrecken brauchte, und dann hing an jedem Finger ein Freier, aber dergleichen lag ihr fern; ihr ganzes Interesse galt den Handarbeiten. Doch gesetzt den Fall, sie wäre ein solches Mädchen gewesen, das sich etwas aus flüchtigen Liebesabenteuern macht, dann hätte sie gar keine Gelegenheit dazu gehabt, denn wenn Gefahr drohte, sorgten ihre Schwester und ihre Mutter immer dafür, daß eine Aufpasserin in ihrer Nähe war. Und dennoch hatte die Natur sowohl der im voraus bescheinigten Keuschheit des Fräuleins als auch den Aufpasserinnen ein Schnippchen geschlagen.

Die Leute können sehr scharfsinnig sein, wenn sie den Ursachen von Erscheinungen dieser Art auf den Grund gehen, und dann bewahrheitet sich manchmal das Sprichwort, daß es nur wenig gibt, was die Zunge eines Hundes nicht aufspürt. Jetzt erinnerte man sich wieder daran, daß irgendwann im Herbst einige Burschen bemerkt hatten, wie ein Mann und eine Frau aus einem der Fischköderschuppen des Propstes unten am Meer herauskamen, die beiden seien wie Gespenster in der Dunkelheit vorbeigehuscht, man hatte sie ein- oder zweimal bemerkt, und jemand hatte behauptet, er könne schwören, daß dies der Tischler Andres gewesen sei, die Frau dagegen habe niemand erkennen können, sie war in Umschlagtücher eingehüllt. Deshalb hatte man die Sache bislang auf sich beruhen lassen. Doch nun geschah es, daß man sich im Dorf zu der Behauptung verstieg, daß Fräulein Rannveig nicht nur schwanger sei, sondern daß da der Tischler Andres am Werke gewesen sein müsse.

Lange Zeit gab es keine offizielle Verlautbarung in der Sache, weder aus dem Haus des Propstes noch aus dem Haus des Faktors, die Herrschaft blieb hauptsächlich unter sich, und es hieß, die Frau des Propstes sei diesen Winter sehr kränklich, sogar der Schnupftabak sei ihr verboten worden; die Webschule des Fräuleins wurde Anfang Februar geschlossen, was damit begründet wurde, daß die Tochter ihre Mutter pflegen müsse. Die Frau des Faktors war ebenfalls krank, einige sagten, es sei ein inneres Leiden, sie saß in ihrem Schlafzimmer und war für niemanden außer der Wirtschafterin zu sprechen, andere sagten, sie habe hysterische Anfälle und beklage tränenreich ihr bitteres Los.

Kränklichkeit und Gefühlsangelegenheiten hatten von jeher ihren Platz im Inneren der Häuser, vor allem wenn es sich um besonders solid gebaute Häuser handelte. Draußen ging alles seinen gewohnten Gang, zum Beispiel begann die Fischfangsaison zur gewohnten Zeit, und der Dorsch wurde bei guter Gesundheit, doch mit wenig Gefühl aus dem Meer gezogen, wie es in Eyvik stets üblich gewesen war. Und nun wendet sich die Geschichte einem jungen Fischer zu, Gisli Gislason, der von den Inseln draußen stammte, aus einer völlig unbedeutenden Familie, doch er war ein hübscher Bursche und sang gern, konnte ein bißchen auf dem Harmonium spielen und war alles in allem salonfähiger in seinem Aussehen und in seinen Interessen als die meisten Fischer und beliebt bei Frauen und besseren Leuten. Viele fanden, er habe eigentlich seinen Beruf verfehlt. Dieser junge Mann war wie in den vergangenen Jahren auch in dieser Fangsaison auf einem der Fischerboote des Propstes angeheuert, doch da geschieht es, mitten in einer Periode günstigen Wetters, als erst zwei Wochen der Saison vergangen waren, daß dieser junge Bursche zum Propst gerufen wird; der Propst eröffnet ihm, daß der Faktor ihn gebeten habe, ihm einen jungen Gehilfen zu besorgen, der sich für die Arbeit im Laden eignete, und er sagte ihm, er habe es aufgrund seines Singens und anderer guter Eigenschaften verdient, daß er von ihm für diese Stelle und den damit verbundenen sozialen Aufstieg vorgeschlagen werde. Dem jungen Mann wurde, wie nicht anders zu erwarten, ganz schwindlig von dieser Freudenbotschaft, und er wurde noch benommener, als der Propst ihm anbot, ihn in sein eigenes Haus aufzunehmen, und sagte, er würde für ihn ein Zimmer im oberen Stockwerk herrichten lassen, denn bis dahin hatte Gisli in einer schlechten Kammer bei seinen Verwandten im Dorf geschlafen und während der Fangsaison mit zwei anderen Männern in einem Bett liegen müssen.

Eigentlich hatte man im Laden nicht mehr zu tun, als zur Fangsaison üblich war, und niemand konnte verstehen, weshalb der Faktor plötzlich noch einen Mann für das Geschäft anstellte; bislang hatte der Ladengehilfe Hans ohne große Mühe die Kundschaft bedienen können, selbst im Frühjahr und im Herbst, wenn die Bauern ins Dorf kamen, denn dann half der Buchhalter mit, und es konnte deshalb nicht überraschen, daß Hans diesen neuen Menschen mit einigem Erstaunen betrachtete und fand, daß es eng wurde in seinem Königreich hinter dem Ladentisch. Doch noch weit größeres Erstaunen mußte die Nachricht hervorrufen, daß man Gisli Gislason tatsächlich das Wohnzimmer der Tochter des Propstes zur Verfügung gestellt hatte, das heißt ihr vorderes Zimmer, das zum Flur hinaus lag; es war nämlich so, daß sie durch dieses Zimmer hindurchgehen mußte, um in ihr Schlafzimmer zu gelangen, und tatsächlich dauerte es nicht lange, bis sich im Dorf die Nachricht verbreitete, Gisli Gislason sei der zukünftige Schwiegersohn des Propstes und der Vater des Kindes, welches das Fräulein erwartete, und hierin sah man den Grund für seinen plötzlichen sozialen Aufstieg. Gleichzeitig wurden alle Klatschgeschichten über den Tischler Andres und das Fräulein als Lüge abgetan, und jeder, der solch übler Nachrede sein Ohr lieh, ohne zu widersprechen, oder sie gar selbst verbreitete, als ehrloser Verleumder gebrandmarkt. Und als Andres selbst einmal in angeheitertem Zustand zweideutige Antworten in dieser Sache gab, verpaßte ihm ein

Fischer, der auf einem der Boote des Propstes angeheuert war und deshalb den Handschuh für die Tochter des Propstes aufnahm, ein blaues Auge.

Auch diesmal kam die Herrschaft in Eyvik wieder ohne Umschweife zur Sache. Beim Goldschmied in Adalvik wurden Ringe bestellt, und Ende März wurde mit heißer Schokolade und dem Buchhalterehepaar als Gästen die offizielle Verlobung gefeiert; der Gesundheitszustand der alten Dame hatte sich so weit gebessert, daß sie es wagte, ins Wohnzimmer herunterzukommen, und sie hatte sogar wieder begonnen, etwas Tabak zu schnupfen; die Frau des Faktors hingegen hatte sich außerstande gefühlt zu kommen. Am nächsten Sonntag gingen die Verlobten Arm in Arm bei Sonnenschein und Tauwetter durch das Dorf, die Männer nahmen ihre Mützen ab, und die Frauen kamen aus ihren Hütten, um die Tochter des Propstes zu küssen. Das junge Paar war offensichtlich sehr zufrieden, und alle waren zufrieden. Allmählich besserte sich auch der Gesundheitszustand der beiden Frauen, so daß sie sich nicht nur wieder in Wohnzimmer und Küche sehen lassen konnten, sondern man konnte sie sogar vorsichtig zwischen dem herrschaftlichen Haus und dem Haus des Propstes hin- und hergehen sehen, denn jetzt mußten oft Besprechungen abgehalten werden.

Die Trauung wurde für den Johannistag anberaumt, doch da mußte man sich mit dem Hausbau für das junge Paar beeilen, denn selbstverständlich sollte für sie gebaut werden, und die Herrschaft wählte gemeinsam den Platz, das Haus sollte auf der gegenüberliegenden Seite der Wiese des Faktors stehen, neben dem kleinen Tor im Zaun, an der Straße, die in den Sprengel hinaufführt.

Nun hätte man glauben sollen, dieser Bau wäre Wasser auf die Mühle des Tischlers Andres gewesen, der seit

Weihnachten mit seiner ganzen Familie von Almosen gelebt hatte; denn diese Reparaturen, die man ihm während der Fangsaison übertrug, was war das schon? Doch eines schönen Tages kommt das Küstenschiff mit einer Ladung Bauholz, und mit dem Bauholz kommen zwei gelernte Zimmerleute aus dem Nordland, und sie sollen das Haus bauen. Und Andres? Macht euch keine Sorgen um Dresi, sagte er, kniff vielsagend ein Auge zu und lachte dann übermütig, wie es seine Art war – Dresi kommt nicht zu kurz! Und an einem Tag im Mai hatten alle seine Kinder richtige Kleider an, vor kurzem im Laden erstanden, und seine Frau trug einen Mantel, und er fuhr mit Kind und Kegel übers Meer davon, es sah aus wie eine Völkerwanderung, er lachte auf seine leichtsinnige Art und hatte seine Baracke in Brand gesteckt, bevor er abfuhr, und zwanzig Jahre später war er in Winnipeg ein reicher Mann geworden und wurde dort immer nur Baumeister Anderson genannt.

Jetzt wurde mit dem Bau begonnen, und das Echo der Hammerschläge hallte an den sonnenhellen Frühlingstagen durch das Dorf, ja, es hallte sogar über das Meer hinaus, bis zu den Inseln. Und an jedem Abend ging das glückliche Paar Arm in Arm zum Haus, um zu sehen, welche Fortschritte es heute gemacht hatte, und ehe man sich's versah, war es unter Dach, und dann wurde die Flagge gehißt.

Freundlich scheint die Welt –

Es war keineswegs nur ein Scherz, daß die Hammerschläge an den sonnenhellen Frühlingstagen weit über das Meer und sogar bis zu den Inseln hinaus zu hören waren. Woraus man das schließen konnte?

Es war drei Tage vor dem Johannistag, und der Propst saß in seinem Studierzimmer; er war gerade dabei, über den Inhalt der Traurede nachzudenken, und es war wirklich eine schwierige Rede, nach all dem, was vorausgegangen war, und ausgerechnet da mußte man ihn stören, jemand will den Propst sprechen.

Wer ist es? fragt der Propst.

Es ist eine Frau von den Inseln, sie sagt, sie müsse unbedingt mit dem Propst sprechen.

Dazu habe ich heute keine Zeit, sie muß ein anderes Mal wiederkommen – sag ihr, es seien dringende Amtsgeschäfte.

Doch die Frau wollte nicht wieder fortgehen, das Dienstmädchen kam wieder herein und meldete dem Propst, daß die Frau sich in der Küche niedergelassen habe und offensichtlich krank sei.

Krank? Da kann ich ihr auch nicht helfen. Ich habe sehr wichtige Dinge zu erledigen. Man kann ihr Kaffee geben. Im übrigen soll sie zum Arzt gehen.

Doch die Frau dachte nicht daran zu gehen – also gut, dann soll sie kommen, sagte der Propst, und sie wurde hereingeführt.

Na, was hast du denn auf dem Herzen, meine Kleine, sagte er und betrachtete das Mädchen. Er erkannte sie gleich, wie alle seine Pfarrkinder, er hatte sie konfirmiert, sie war höchstens zwanzig, ihr Vater wurde Kinder-Helgi genannt, weil er sechzehn Kinder hatte, das waren bettelarme Leute, verkommenes Pack, ihr Vater war zweimal wegen Diebstahls angeklagt worden, die Kinder wuchsen wie frei herumlaufendes Vieh auf und landeten schließlich bei verschiedenen fremden Leuten. Und während der Propst tief in Gedanken über seinen Amtsgeschäften sitzt, drängt sich dieses aufsässige Mädchen herein, selbstverständlich irgendwelche Scherereien, wie immer bei diesen armen Schluckern, offensichtlich war sie hochschwanger – man könnte glauben, daß Schwangersein bei solchen Hungerleidern erblich sei. Sie saß mit rotem Gesicht da und starrte in die Luft, nichts als Trotz, sagte lange gar nichts. Nun wurde der Propst ein wenig ungeduldig, aber was soll denn das, mein Kind, sagte er, was willst du von mir? Wer schickt dich her? Und wie kommt es, daß du so dick bist, hast du etwas Unsittliches getan, meine Kleine?

Ich weiß nur, daß es sehr bald soweit ist, wie der Propst eigentlich selbst sehen müßte. Denn dazu braucht man keine Brille! Ich wäre schon froh, wenn ich mich bis über Johanni auf den Beinen halten könnte.

Ja, aber was kann ich dafür? fragte der Propst. Vermutlich hast du es nicht allein gezeugt.

Allein gezeugt? wiederholte das Mädchen. Nein, der Teufel hol mich, wenn ich es allein gezeugt habe.

Und wer ist der Vater?

Wer soll es schon sein, wenn nicht der Gisli? sagte das Mädchen.

Was für ein Gisli?

Natürlich der verfluchte Orgelspieler Gisli Gislason, sagte das Mädchen. Wer denn sonst, auch wenn er jetzt nichts mehr von mir sehen und hören will, weil er in die Familie der Herrschaft einheiraten soll. Und jetzt hat man mich aus meiner Stelle gejagt, und wo soll ich dann das Kind bekommen? Vielleicht draußen auf der Wiese, wie ein Schaf, soll ich vielleicht Gras fressen? Also habe ich keinen anderen Ausweg gewußt, als mich direkt an Sie zu wenden. Und das kann ich laut sagen und beschwören, selbst wenn die Tochter des Propstes auch schwanger ist, dann hatte der Gisli damit nichts zu tun, zumindest nicht, als sie anfing dicker zu werden, und ich will den Propst nur fragen, wo Sie selber mir doch meinen christlichen Glauben beigebracht haben, ob Sie es christlich finden, mir den verdammten Mann wegzunehmen, weil er so ein Lump ist? Ich habe kein Bett und keinen, der mir hilft, aber die Tochter des Propstes hat nicht nur das Haus des Propstes, sondern auch das Haus des Faktors, und außerdem die Herrschaft.

Doch gleichgültig, ob dieser ungebetene Gast seinem Herzen noch länger Luft machte oder nicht, das Ergebnis des Gespräches war, daß die Leute im Haus eiligst eine Konferenz abhielten und Gisli Gislason, der Orgelspieler, fristlos aus seiner Stellung im Laden entlassen wurde und die Unterkunft beim Propst verlor. Und so verblüfft war der junge Mann von all dem, was an jenem Abend über ihn hereinbrach, daß er sich auf der Stelle mit der Tochter des Kinder-Helgi trauen und mit seiner Frau auf die Inseln hinausschicken ließ, nebst einem Sack Roggenmehl, einer Kiste Zucker und einem Harmonium von der Sorte, die der Faktor in Kommission hatte, das bekam er als Trostpflaster; die Herrschaft in Eyvik machte nicht viel Federlesens, wenn es darauf ankam. Es dauerte zwei Jahre, bis der junge Mann begriff, was an diesem Abend geschehen war, seine Frau verließ und sich ins Südland aufmachte, um dort sein Orgelspiel zu vervollkommnen.

6. Alles in schönster Ordnung

Jetzt wäre es durchaus möglich, daß jemand fragt: Was wurde aus der Tochter des Propstes? Wurde das neue Haus auf der anderen Seite des Faktorhauses dann umsonst gebaut? Bekam sie trotz allem ein zweites uneheliches Kind?

Weder das eine noch das andere – das Haus wurde nicht umsonst gebaut, und Fräulein Rannveig bekam kein uneheliches Kind. In dieser Familie konnte nie etwas Anstößiges geschehen. Und weshalb nicht? Weil die Leute in Eyvik feine Leute waren, sie waren die feinsten Leute im Landesviertel.

Und wenn das Fräulein auch nicht mit dem vorgesehenen Mann verheiratet wurde, so wurde sie doch am vorgesehenen Tag verheiratet, und sie wurde mit einem Mann verheiratet. Ein Mädchen findet schnell einen Mann. Zwar war es keine vornehme Partie, es war hart an der Grenze, wie man zu sagen pflegt, doch der Bräutigam stammte ursprünglich aus einer guten Familie, er kam aus einer Pfarrersfamilie und war nicht ungebildet, auch wenn er eher bescheiden auftrat; und er hatte einen in jeder Beziehung untadeligen Ruf, was heutzutage als Ausnahme gelten kann – es war der Ladengehilfe Hans.

Ja, sie wurden am Johannistag getraut, es geschah im Wohnzimmer daheim beim Propst, und außer den Trauzeugen und der Frau des Propstes war niemand dabei. Hans stand rasiert und gekämmt in seinem Sonntagsanzug da und hörte genau zu, was der Propst aus dem Handbuch vorlas, mit einem Gesichtsausdruck, als ob er den Verdacht hegte, in dem Text seien irgendwelche Anschuldigungen versteckt, und sie stand an seiner Seite, eine reife Frau in der Blüte des Lebens, die Fruchtbarkeit selbst, wie ein Baum, der sich unter der Last seiner Früchte beugt. Sie zogen noch am selben Tag in das neue Haus, und tags darauf gebar sie die kleine Katrin Hansdottir. Im Herbst begann sie wieder, Mädchen im Weben zu unterrichten, und teilte ihre Zeit zwischen dem Weben und der kleinen Katrin Hansdottir auf. Und der Ladengehilfe Hans, der vierzehn Jahre lang in einer geteerten Hütte auf dem Grundstück des Buchhalters gehaust und an Winterabenden den Leuten in die Fenster geguckt hatte, er war jetzt Assistent in der Buchhaltung, Schwager des Faktors, eine der Standespersonen im Ort, Herr in seinem eigenen Haus und Ehemann der besten Partie im Landesviertel. Es konnte also nicht verwundern, daß der Propst von der Kanzel über die Sanftmütigen, die Stillen im Lande, die über wenigem getreu sind, sprach: Siehe, der Herr wird sie über viel setzen, er wird sie mit Nachkommen segnen, die für alle kommenden Zeiten den Namen des Herrn preisen sollen; gelobt sei der Name des Herrn.

Nun konnte man zwar nicht sagen, Frau Thurid habe bei dem erbarmungslosen Kampf um den Ruf ihrer Schwester eine Niederlage erlitten, doch man konnte auch nicht behaupten, dies sei ein glänzender Sieg. Obwohl in letzter Minute alles gerettet worden war, ließ sich nämlich nicht abstreiten, daß diese Lösung in Wirklichkeit nur ein Notbehelf war und die Verschwägerung mit dem Ladengehilfen Hans das Haus auf ein niedrigeres kulturelles Niveau herabzog. Zwar stammte Gisli Gislason von völlig unbedeutenden Leuten ab, aber er war doch ein vielversprechender junger Mann und hatte außerdem eine Vorliebe für die Sangeskunst; die Frau des

Faktors war erschüttert, als er plötzlich kampfunfähig gemacht wurde. Was blieb einem anderes übrig, als zu einer Notlösung zu greifen, nachdem man in eine solche Zwangslage geraten war? In ihrer Verbitterung veranlaßte die Frau, daß die kleinen Tore auf beiden Seiten des Zauns, der die Hauswiese des Faktors umgab, das Tor hinter dem neuen Haus und das Tor gegenüber, hinter dem Faktorhaus, an Rannveigs Hochzeitstag mit dicken Brettern vernagelt und dann mit Stacheldraht umwickelt wurden, zum Zeichen dafür, daß kein Weg mehr zwischen diesen beiden Häusern über die Hauswiese führte. Wer vom einen Haus zum anderen gehen wollte, mußte einen großen Umweg machen. Wurde die Frau des Faktors wieder gesund, nachdem sie die beiden Tore hatte zunageln lassen? Nein, so seltsam es scheinen mochte, sie wurde trotzdem nicht wieder gesund. Sie verließ ihr Schlafzimmer nicht und verbot, die Vorhänge aufzuziehen, denn wegen ihres Kopfes konnte sie das starke Sonnenlicht nicht vertragen. Was sagte der Arzt? Er sagte, man könne in Wirklichkeit nichts anderes tun, als die Frau ins Ausland reisen zu lassen. Und daraufhin ließ man die Frau ins Ausland reisen. Sie reiste eines Nachts auf dem Küstendampfer ab, und im Faktorhaus wurden die Vorhänge aufgezogen.

Ja, es mußte wohl etwas Ernstes sein, da sie es wagte, ihren Mann, ihre Kinder und ihr Haus sich selbst zu überlassen, vielleicht für mehrere Monate. Denn alle wußten, und keiner besser als sie selbst, daß das Haus ohne sie wie ein Schiff ohne Steuermann war. Und es zeigte sich auch gleich im Herbst, daß der Faktor immer länger in die Nacht hinein beim Wein saß, entweder mit dem Arzt oder mit Großbauern und Pfarrern, und der ganze Haushalt aus den Fugen geriet, denn die Wirtschafterin konnte die Kinder nicht im Zaum halten. Jetzt war die älteste Tochter des Faktorehepaares vierzehn Jahre alt und die zweitälteste dreizehn, dann kamen zwei Söhne, der eine elf und der andere neun, und schließlich zwei kleine Mädchen, die eine fünf, die andere sechs. Die Kinder waren alle sehr vielversprechend, auch wenn sie sich nicht besonders zu Büchern hingezogen fühlten; vor allem die beiden ältesten Mädchen waren sehr lebhaft, sie sahen schon erwachsen aus, bevor sie konfirmiert wurden, und hatten schon längst keinen Spaß mehr an Kinderspielen. Sie wollten sich mit erwachsenen Mädchen und Burschen unterhalten. Sie waren nie zur Arbeit angehalten worden, hatten aber von klein auf so nahrhafte Kost bekommen, daß sie jetzt vor überschüssiger Körperkraft strotzten, und ihr Haar war so elektrisch geladen, daß es knisterte. Es waren prachtvolle Mädchen, obwohl sie noch so jung waren. Morgens ließen sie sich gerne mit dem Aufstehen Zeit und vergnügten sich oft damit, daß sie einander an den Fingern zogen, daß es in den Gelenken knackte, dieses Spiel heißt »Hurenkind«, und sie hatten großen Spaß daran, achteten aber darauf, daß sie es nur unter der Decke spielten, damit ihre Mutter es nicht merkte. Sie lasen manchmal Fortsetzungsromane, kümmerten sich aber weniger um die Schule und klagten oft über Schmerzen hier und dort im Körper, so daß der Arzt ihnen meist verbot, in die Schule zu gehen. Die Jungen waren tüchtige Kerle und träumten davon, Bootsführer bei ihrem Großvater zu werden, von den Fischern lernten sie Flüche, die sie dann daheim verwendeten, sie versuchten immer, sich vor dem Waschen zu drücken, alles derartige betrachteten sie als Eingriff in die persönlichen Rechte des einzelnen, und es gelang nicht, ihnen beizubringen, sich die Schuhe abzutreten, bevor sie ins Zimmer kamen. Nun hatte die Mutter stets das Tun ihrer Kinder überwacht, sie hielt sie an einer unsichtbaren Leine, insbesondere die Mädchen. Diese Mädchen sollten nicht glauben, sie könnten so leben, wie es ihnen gerade einfiel, nein, sie mußten, bitte schön, früh zu Bett gehen. Es wurde genau untersucht, mit welchen Mädchen sie verkehrten, und sah man, daß sie auf der Straße mit jungen Burschen sprachen, wurden sie sofort ins Gebet genommen, wobei man ihnen mit allem Nachdruck zu verstehen gab, daß nur die schlimmsten Flittchen sich auf der Straße mit Fischerjungen unterhielten, und sie waren noch nicht so alt, daß man ihnen nicht ohne weiteres mit der Rute drohen konnte, obwohl die Frau des Faktors in der letzten Zeit nicht den Mut gehabt hatte, mit solchen Drohungen Ernst zu machen, da die kleine Gudlaug, die älteste Tochter, inzwischen größer war als sie selbst. Es war ihnen streng verboten, andere Kleider als Kinderkleider zu tragen, obwohl sie voll entwickelte Mädchen waren. Wegen alledem waren die Mädchen oft launisch, alle natürlichen Lebensäußerungen waren ihnen verboten, man befahl ihnen, Kinder zu sein, sich aber wie Erwachsene zu benehmen, sie konnten keinen Schritt ohne Fessel am Bein gehen. Dagegen waren die Jungen noch nicht so groß, daß ihre Mutter es nicht gewagt hätte, es mit ihnen aufzunehmen, es gab auch kaum einen Tag, an dem sie ihnen keine Ohrfeigen verabreichte, doch die Jungen hatten harte Schädel und weinten nie, sondern schnitten ihrer Mutter manchmal Grimassen, während sie zur Tür hinausschlüpften. Jetzt aber war die gnädige Frau plötzlich ins Ausland abgereist, und mit ihr war jeder moralische Halt aus dem herrschaftlichen Haus verschwunden, es war tatsächlich so, als sei das Dach des Hauses davongeflogen, das Haus jedem Sturm ausgeliefert. Die Mädchen und die Jungen luden alle ihre Kameraden ein, wann auch immer es ihnen gefiel, allmählich gewöhnten sich die Kameraden daran, auch uneingeladen zu kommen, zumindest durch die Hintertür; und bald war das Haus tatsächlich zum Mittelpunkt allen Spektakels im Dorf geworden, von dort konnte man Ziehharmonikamusik und Gesang, Tanz und Geschrei hören, und einmal während der herbstlichen Fangsaison war das Haus in der Nacht so voll von jungen Fischern und jungen Mädchen, daß die Wirtschafterin sich keinen anderen Rat wußte, als den alten Propst und seine Frau aufzuwecken, damit sie die Leute hinauswarfen, es war auch Schnaps mit im Spiel gewesen, einige der Burschen waren ziemlich betrunken, und sogar die Töchter des Faktors schienen nach irgendeinem verdammten Zeug zu riechen, der Faktor aber saß mit einem Pfarrer vom Land in seinem Büro, und sie wußten weder ein noch aus und sagten, ihretwegen solle alles der Teufel holen. Kurz darauf wurde die Frau des Propstes krank, und dann konnte man niemanden mehr zu Hilfe rufen, um dem nächtlichen Treiben ein Ende zu bereiten. Der Faktor schrieb seiner Frau nach Dänemark, hier daheim sei alles in schönster Ordnung, und er bat sie, sich mit der Rückkehr nicht zu beeilen, sondern erst dann zu kommen, wenn sie wieder völlig gesund sei. Und die alte Frau des Propstes wagte nicht, ihrer Tochter zu schreiben, wie es tatsächlich im Haus zuging, denn sie glaubte, daß sie die Wahrheit nicht verkraften würde, sie sagte nur, daß alle gesund seien, Gott sei Dank.

Nun ging aus diesen Briefen ganz deutlich hervor, daß die gnädige Frau zu Hause dringend gebraucht wurde, nicht zuletzt aus den Briefen des Faktors, denn nichts konnte eine vollkommenere Offenbarung dessen sein, wie er seine freie Zeit verbrachte, als die Aufforderung, sie solle sich mit der Rückkehr Zeit lassen. Und die Briefe ihrer Mutter mußten ihr, einer Frau mit so feinem Gespür, mehr als genug über den Zustand der Kinder sagen. Beeilte sie sich dann nicht, wieder heimzukommen, um die Leitung ihres Hauswesens in die Hand zu nehmen und Ordnung zu schaffen? Ganz im Gegenteil, sie schrieb wieder nach Hause, daß sie sich freue, daß daheim alles so gut gehe und alle gesund seien, sie hoffe, daß es auch weiterhin so bleibe. Sie schien, anders gesagt, nichts verstanden zu haben. Ihr selbst, sagte sie, gehe es ganz allmählich immer besser, sie habe das Sanatorium verlassen und halte sich jetzt in Kopenhagen auf, aber natürlich sei sie noch immer unter ärztlicher Aufsicht, und der Arzt rate ihr dringend, erst wieder im Frühjahr nach Hause zu reisen, wenn sich ihre Nerven völlig erholt hätten. Ja, die gute Frau des Faktors, sie war jetzt über vierzig, das Alter war bedrohlich nähergerückt, vielleicht hatte sie nicht weniger als andere im Haus ein Bedürfnis nach Freiheit, sei es auch nur für ein Jahr, bevor alles zu spät war. Wir leben schließlich nur einmal.

Und so verging der Winter in allgemeiner Ausgelassenheit. Es war ganz erstaunlich, wie die lieben Kinder im Laufe eines Winters verwildern konnten. Die Mädchen veränderten ihr Aussehen und ließen sich lange Kleider nähen; sie schliefen am Tag und tanzten in der Nacht und vernachlässigten ihren christlichen Glauben dermaßen, daß der Propst sie um die Osterzeit in die Obhut seines Amtsbruders aufs Land schickte, doch schon nach zwei Tagen kamen sie bei heftigem Tauwetter zu Fuß und bis auf die Haut durchnäßt wieder zurück, weil im Ort eine Tanzveranstaltung stattfand.

Im Mai kam dann die gnädige Frau zurück. Ja, jetzt sah sie nicht mehr kränklich und grau aus, sie sah erstaunlich gut aus, das Dorf wollte seine gnädige Frau kaum wiedererkennen. Sie war nach dänischer Mode gekleidet und hatte ein rotes Band an ihrem Hut, als sie an Land stieg, so daß die Töchter ihre Mutter verwundert anstarrten; sie wurde dann auch nie mehr mit diesem Hut gesehen. Ihr stolzer Blick machte viele verlegen, als sie die Anlegebrücke entlangging – und welch eine Haltung, als sie durch den Ort auf ihr Haus zusteuert: eine vornehme Frau in der Blüte der Jahre, eine Frau, die alles hat, die der Eitelkeit der Jugend entwachsen, aber noch nicht vom Schicksal des Alters berührt ist. Alle sahen, daß sie wieder gesund sein mußte.

Sie legte noch am selben Tag das dänische Kleid ab, zog isländische Tracht an und übernahm wieder die Leitung ihres Hauswesens, als ob nichts geschehen wäre. Ihre Tatkraft war noch immer die alte. Die Möbel wurden mit dem Federwisch bearbeitet, jedes Staubkorn wurde vertrieben, selbst von nicht sichtbaren Stellen, das Tafelsilber geputzt, jede Gewürzdose in der Küche nach einem unerschütterlichen Gesetz an ihren Platz gestellt, die langen Kleider der Mädchen wurden kürzer gemacht und die Fransen abgeschnitten, und den Jungen wurde befohlen, sich die Schuhe abzutreten, bevor sie ins Wohnzimmer kamen, und sich die Hände zu waschen, bevor sie zu Tisch gingen (ohne Erfolg). Die Horde junger Leute, die um das Haus herumschlich, als es Abend wurde, wurde davongejagt, und den Mädchen wurde befohlen, daheim zu sitzen und die dänischen Backfischromane zu lesen, welche die Frau aus Kopenhagen mitgebracht hatte. Zwei Nächte nach der Rückkehr der gnädigen Frau hielten die Mädchen die Unfreiheit nicht mehr aus und wollten sich um ein Uhr nachts durch das Wohnzimmerfenster hinausstehlen, doch plötzlich stand die Mutter da und zerrte ihre älteste Tochter von der Fensterbank herunter und hatte keine Hemmungen, ihr eine Ohrfeige zu geben, obwohl das Mädchen schon fast erwachsen war, und sie beließ es nicht bei der Ohrfeige, nein, so einfach kamen die beiden nicht davon, sondern sie bekamen eine ausführliche Strafpredigt zu hören, während draußen im berauschenden Dämmerlicht der Frühlingsnacht die Vögel sangen, sie erfuhren einiges über den Maßstab menschlicher Werte, von öffentlicher Wohlanständigkeit und menschlicher Würde bis hinab zu Hurerei und Syphilis, und es endete damit, daß beide Mädchen zu weinen anfingen und die Mutter sie wie zwei begossene Pudel hinauf in ihr Zimmer jagte und die Tür von außen abschloß. Leichtsinn und Sittenlosigkeit wurden im herrschaftlichen Haus mit der Wurzel ausgerissen.

Sie lud am zweiten Tag nach ihrer Rückkehr ein paar bessere Frauen zu Kaffee und Schokolade ein, um ihnen ihre Gewogenheit zu zeigen, und andere beehrte sie mit einem kurzen Besuch, eine Frau aber lud sie nicht ein, und sie beehrte sie auch nicht mit einem kurzen Besuch – ihre Schwester, Fräulein Rannveig, die Frau des Ladengehilfen Hans. Sie hatte beschlossen, daß ihre Schwester fortan in Ungnade sein sollte: zwischen diesen beiden Häusern gab es keinen Verbindungsweg. Doch es ist gar nicht so einfach, den Leichtsinn zu besiegen; ehe man sich's versieht, ist der Leichtsinn, den man im Nachbarhaus bekämpft hat, im eigenen Haus zu Gast. Und die gnädige Frau bekam ausgiebig Gelegenheit, die Erfahrung zu machen, daß das alte Sprichwort zutrifft: Es ist leichter, einen Sack Flöhe zu hüten als ein junges Mädchen. Dieses ständige Achtgeben auf zwei junge Mädchen, die nichts anderes als ihre Freiheit im Sinn hatten und überdies dazu gezwungen wurden, Kinderkleider zu tragen, obwohl sie und alle anderen wußten, daß sie keine Kinder mehr waren, was konnte aufreibender für die Nerven sein, zumal die Frau des Faktors in anderen Umständen war und schon längst niedergekommen sein sollte; doch die Schwangerschaft zog sich so seltsam lange hin, weil die Frau eine so seltsame Krankheit gehabt hatte. Es ist ganz unglaublich, wie frühreif die jungen Leute heutzutage sind, sagte die alte Pröpstin, denn ihre Töchter waren erst, als sie über zwanzig Jahre alt waren, für die Reise in die Hauptstadt reif gewesen. Oder die Neugierde und die Fragen dieser jungen Leute heutzutage. Der Frau des Faktors blieb also nichts anderes übrig, als ihre Töchter auf die Frauenschule in Reykjavik zu schicken, sie fuhren Mitte September. Nachdem sie abgereist waren, herrschte im Haus und um das Haus herum Ruhe und Stille.

7. Ein Fest beim Vater der Nornen

Und die Jahre vergehen wie ein Wind in der Nacht. Wo sind die Farben aus den Tagen der Jugend geblieben? Eines Morgens erwachen wir mit ergrauten Schläfen und blassen Wangen, aus den Grübchen sind Runzeln geworden. So vergingen die Jahre auch in Eyvik.

Die letzte Amtshandlung des verstorbenen Propstes war es gewesen, Gudlaug, die Tochter des Faktors, einem vielversprechenden Juristen aus der Hauptstadt anzutrauen, das war eine herrliche Hochzeit, auch wenn sie sich nicht mit der großen Hochzeit messen konnte, die damals vorbereitet und nie gehalten wurde, als sich Fräulein Rannveig mit Magister Bögelund verheiraten wollte; aber eine Woche später starb der alte Propst an einem Herzschlag, und im darauffolgenden Winter starb die Frau des Propstes, und die Hinterlassenschaft wurde unter den Töchtern aufgeteilt, das war damals ein beträchtliches Vermögen, der Propst hatte noch kurz vor seinem Tode zwei Motorboote angeschafft, nun bekam jede Tochter eines. Doch die Schwestern grüßten sich nicht bei der Beerdigung, sondern jede weinte für sich allein, und von seiten des herrschaftlichen Hauses war keine Begnadigung zu erwarten, auch nicht, nachdem Rannveig so vermögend geworden war und Hans schon längst nicht mehr im Laden arbeitete. Nein, das reichte nicht aus. Kein Vermögen, bar oder fest angelegt, konnte die Schande tilgen, die Rannveig über die Familie gebracht hatte, als sie damals die kleine Katrin Hansdottir erwartete. Deshalb wurde Rannveig nie zu der Herrschaft gezählt, sondern sie verkehrte mit den Armen. Mit jedem Jahr zog sie sich mehr zurück, in letzter Zeit ging es ihr gesundheitlich nicht sehr gut, und sie gab schon längst keinen Webunterricht mehr, sie saß oft müde an ihrem Webstuhl, beugte sich über ihr Gewebe vor und las im Kirchengesangbuch. Schließlich gab sie das Weben auf, und auf dem Webstuhl sammelten sich Staub und Spinnweben. Sie wurde frühzeitig alt, vernachlässigte ihr Äußeres, bekam graue Haare, verlor ihre Zähne und magerte ab. Allmählich konnte man sie nicht mehr von den gewöhnlichen Frauen unterscheiden, die dreizehn Kinder geboren hatten, im Haus galt sie als schlampig, und man wunderte sich darüber, wie eine Frau aus so guter Familie so einfältig sein konnte, vielleicht kam es daher, daß sie so schlecht hörte, doch sie war gut zu allen, wie eine alte, vom Schicksal schwer geprüfte Frau, die zehn Kinder zu Grabe getragen hat und zusehen mußte, wie ihr Haus abbrannte und ihr Mann im Meer ertrank, ja, sie erwies allen Gutes. Sie war immer gut zu ihrem Mann, doch sie bekam außer der kleinen Katrin keine Kinder mehr. Mochte sie denn die kleine Katrin Hansdottir nicht? Doch, sie liebte sie. Aber sie weinte ihretwegen auch oft. Wie kam es, daß sie weinte? Wenn ein Mensch erst einmal anfängt zu weinen, fallen ihm immer noch traurigere Dinge ein. Erstens einmal war die kleine Katrin immer ein kränkliches Kind, sie lag oft mit Fieber im Bett, sie brauchte sich nur zu erkälten, dann konnte daraus eine langwierige Krankheit werden, der Arzt sagte, es seien die Mandeln. Und wenn sie gesund war und im Frühjahr mit anderen Kindern draußen spielen durfte, dann waren die anderen Kinder viel kräftiger als sie, sie konnte nicht so schnell laufen wie die anderen, und dann legte sie sich hin und tat so, als sei sie gestürzt und habe sich verletzt, oder sie war beleidigt und setzte sich weinend auf einen Stein, und wenn sie sie nur berührten, fiel sie hin, und dann fing sie an zu weinen und sagte, sie seien böse und wollten sie schlagen, und dann schlugen sie sie tatsächlich, und dann weinte sie noch mehr und ging heim zu ihrer Mutter und petzte. Deshalb wollten die Kinder sie nicht dabeihaben, sie sagten, sie sei eine Heulsuse und außerdem eine Petze. Die Zwillinge des Faktors waren etwa genauso alt wie sie, die beiden waren aus irgendwelchen Gründen Alfred und Edit getauft worden, wahrscheinlich deshalb, weil isländische Namen nicht fein genug für sie waren, sie waren auch hübscher als alle Kinder, die man je im Landesviertel gesehen hatte; da geschah es an einem Frühlingstag, daß sie mit einigen anderen Kindern spielten, und die kleine Katrin Hansdottir war auch dabei. Nach einer kleinen Weile wurden die Kinder des Faktors plötzlich nach Hause geholt, und sie durften an dem Tag nicht mehr hinausgehen. Einige Tage später geschah wieder genau das gleiche, nur daß diesmal die Frau des Faktors ihren Zwillingen eine tüchtige Tracht Prügel verabreichte, weil sie mit der kleinen Katrin Hansdottir gespielt hatten, was sie ihnen doch erst vor kurzem ganz ausdrücklich verboten hatte. Die gnädige Frau wollte nicht dulden, daß ihre dänischen Kinder, wie einige Spaßvögel sie wegen ihrer Namen nannten, mit einem Kind spielten, das von Rechts wegen eigentlich gar nicht existierte. Von da an vertrieben die Kinder des Faktors immer die kleine Katrin Hansdottir, indem sie sie mit Schmutz bewarfen und ihr Schimpfwörter nachriefen, wenn sie mit den Kindern spielen wollten. Da sich die Altersgenossen an den Kindern des Faktors ein Beispiel nahmen, war es bald zur festen Regel geworden, daß die Kinder überall, wo sich die kleine Katrin Hansdottir blicken ließ und mitspielen wollte, Schmutz und Steine aufsammelten und auf sie losgingen und sagten, sie solle sich nach Hause scheren, denn sie sei ein Hurenkind. Und wenn die kleine Katrin heulend nach Hause kam und ihrer Mutter davon erzählte, dann begann ihre Mutter auch zu weinen. Aus diesen Gründen war die kleine Katrin ein sehr unglückliches Kind. Und das gute Fräulein lernte die Welt immer besser kennen, da nun die Kinder der armen Frauen, denen sie so viele Geschenke gebracht hatte, ihren Augenstern Hurenkind nannten und mit Schmutz bewarfen. Aber dennoch wurde sie nicht der ganzen Welt gegenüber verbittert, sondern sie weinte über jedes Vorkommnis für sich. Und Mutter und Tochter umarmten sich und weinten. Dann wurde die kleine Katrin wieder krank, und ihre Mutter weinte weiter, weil sie Angst hatte, sie könnte sterben. Doch Hans der Ladengehilfe arbeitete nicht im Laden, er lag tagsüber auf seinem Bett, spie braunen Tabaksaft in den Nachttopf neben dem Bett und las Fortsetzungsromane in isländisch-amerikanischen Zeitungen, wenn er nicht gerade nach den Hühnern sah, die sieben an der Zahl waren. Er war jetzt über sechzig und hatte zugenommen, und er hatte keine Läuse mehr, nachdem er verheiratet war, denn Rannveig hatte den Läusen gleich im ersten Jahr den Garaus gemacht und ihn auf diese Weise für den Sabadillsamen entschädigt, den sie damals in Kopenhagen für ihn besorgen sollte, was sie dann aber vergessen hatte. Er war ein so schlechter Wirtschafter zu Wasser und zu Lande, daß sein Viehbestand an Land über eine Kuh und die sieben Hühner nie hinauskam, und als seine Frau die große Erbschaft machte und sie plötzlich Besitzer eines Motorbootes wurden, da verkaufte er dem Faktor das Boot für einen Spottpreis, weil der Faktor ihm sagte, daß Motoren an unseren

Küsten ein Lotteriespiel seien, sie gingen sehr oft kaputt und der Unterhalt verschlang riesige Summen, es gebe genug Beispiele dafür, daß sich Männer in Reykjavik durch solche Boote ruiniert hätten, schließlich sei der gute Propst ja auch erst dann auf die Idee gekommen, solche Apparate zu kaufen, als er kindisch geworden war. Hans der Ladengehilfe war sehr froh, daß er diesen Apparat loswurde.

Wie stand es im übrigen mit dem Zusammenleben der Eheleute? Es war eine mustergültige Ehe. In diesem Haus hörte man nie ein böses Wort. Anfangs, solange Hans noch im Laden war, zeigte er reges Interesse an seiner Frau, manchmal kam er tagsüber ganz unerwartet nach Hause, spähte durch den Türspalt zu ihr ins Wohnzimmer hinein und machte sich schnell wieder davon, wenn sie allein war; wenn aber irgend jemand bei ihr war, blieb er stehen, bis der Gast ging. Er machte sich nichts aus Gästen. Und wenn seine Frau ausging, ging er etwa zwanzig Faden hinter ihr, und wenn sie ein Haus betrat, dann wartete er auf der Straße, schaute nach dem Wetter und spuckte, und wenn sie lange in dem Haus blieb, klopfte er an die Tür und sagte, er warte auf seine Frau. Im Laufe der Jahre kamen immer weniger Gäste, und Rannveig, die Frau des Hans, ging immer seltener aus. Hans der Ladengehilfe aber behielt die Gewohnheit bei, im Herbst, wenn es abends wieder dunkler wurde, aus dem Haus zu gehen, er spazierte dann allein umher und sagte, er wolle nur nach dem Wetter schauen, oft kletterte er im Dunkeln heimlich über die höchsten Mauern und Zäune, oft kam er schmutzig nach Hause, manchmal von Stacheldraht zerrissen, völlig durchnäßt, wenn es regnete, mit halberfrorenen Fingern, wenn es kalt war. Manchmal gingen Hunde auf ihn los und bissen ihn.

In dem Frühjahr, als die kleine Katrin zehn Jahre alt wurde, bekam sie eine gefährliche Krankheit, die in keinem unmittelbaren Zusammenhang mit ihren früheren Erkrankungen zu stehen schien, es war etwas im Kopf, es begann mit einem leichten Stechen im Nacken und Mattigkeit, doch dann nahm das Stechen zu, und das Mädchen mußte mit hohem Fieber und immer stärker werdenden Schmerzen zu Bett gebracht werden. Ihre Mutter wachte Tag und Nacht bei ihr, nur hin und wieder wurde sie von ein paar guten armen Frauen für eine Stunde abgelöst. In einem kleinen Marktflecken erregt die Nachricht einer gefährlichen Krankheit allgemeines Interesse, auch wenn nur ein Kind davon betroffen ist, eine solche Neuigkeit bringt willkommene Abwechslung und Spannung in das Leben der Menschen, und alle fragten voller Mitgefühl, wenn sie einander trafen: Wie geht es der kleinen Katrin Hansdottir? Und als der Arzt an einem windstillen Frühlingstag, ungefähr zu der Zeit, als es hieß, das Mädchen sei schon ohne Bewußtsein, am herrschaftlichen Haus vorbeiging, da beugte sich die Frau des Faktors aus dem offenen Fenster, und auch sie fragte: Wie geht es der kleinen Katrin Hansdottir?

Es gab leider nicht viel Hoffnung, und schließlich beschloß der Arzt, einen letzten Versuch zu wagen und das Mädchen zu operieren. Man holte die Hebamme und eine andere Frau, die etwas von Krankenpflege verstand, und der Arzt betäubte die Kranke und meißelte ihr hinter dem Ohr den Schädel auf; es stellte sich heraus, daß sie im Gehirn ein Geschwür hatte, und er stach es auf; gegen Abend kam das Mädchen wieder für eine kleine Weile zu Bewußtsein und blickte die Mutter an. Doch in der Nacht verschlimmerte sich ihr Zustand wieder, sie bekam schrecklichere Schmerzen als jemals zuvor und war wieder ganz ohne Bewußtsein. Der Arzt saß bis nach Mitternacht mit den Frauen am Krankenlager. Da war die Mutter so erschöpft, daß sie eingeschlafen war. Schließlich verabschiedete sich der Arzt und sagte zu den Frauen, sie sollten ihn gleich am nächsten Morgen rufen lassen. Es war eine entsetzliche Nacht. Das Mädchen konnte es vor Schmerzen nicht aushalten, und gegen Morgen bekam sie Krämpfe. Da wurde wieder nach dem Arzt geschickt. Als er kam, war die Mutter aufgewacht und saß mit ihrem Mädchen im Arm da. Das Mädchen war tot. Da ging der Arzt wieder nach Hause.

Kurz vor neun Uhr kam der Arzt am herrschaftlichen Haus vorbei, da beugt sich die Frau des Faktors wieder aus dem Fenster und fragt: Wie geht es heute der kleinen Katrin Hansdottir?

Sie ist tot, sagte der Arzt und ging weiter.

Da ging die Frau des Faktors auf ihr Zimmer, kämmte sich sorgfältig, zog die isländische Tracht an und setzte ihre schwarzsamtene Quastenhaube auf; sie hatte die Figur ihrer Mutter und würde mit den Jahren wohl etwas korpulent werden, das kastanienbraune Haar begann, grau zu werden; mit jedem Jahr wurde sie gesetzter und würdevoller, man sah sofort, daß sie eine wirklich vornehme isländische Dame war. Sie ließ den Faktor aus dem Büro holen und sagte zu ihm, er solle sich rasieren, seinen Gehrock anziehen, sich einen engen Kragen umlegen und einen steifen Hut aufsetzen. Die kleine Katrin Hansdottir ist nämlich gestorben, sagte sie.

Dann gab sie den Arbeitern Anweisung, die kleinen Tore auf beiden Seiten der Hauswiese des Faktors aufzumachen, das Tor hinter dem herrschaftlichen Haus und das Tor hinter dem Haus des Hans, und sie rissen das völlig verrostete Stacheldrahtgewirr ab und entfernten die

Bretter, mit denen die Tore vernagelt waren. Dann hüllte sich die Frau des Faktors in ein schwarzseidenes Umschlagtuch und verließ am Arm ihres Mannes das Haus. Und Arm in Arm gingen sie an diesem sonnigen Frühlingstag über die leuchtendgrüne Wiese, dunkel gekleidet, stumm und feierlich.

Hans der Ladengehilfe machte ihnen die Tür seines Hauses auf. Der Faktor legte seinen steifen Hut und den goldverzierten Ebenholzstock auf den Wohnzimmertisch und folgte dann in einigem Abstand seiner Frau in das Schlafzimmer. Fräulein Rannveig war eben mit dem Aufbahren ihres Kindes fertig geworden und stand erschüttert und tränenüberströmt am Kopfende, als sie ihre Schwester bemerkte, die nach all diesen Jahren auf der Türschwelle stand, großartig und vornehm.

Es heißt, der Vater der Nornen habe einmal alle Nornen zu einem Fest geladen. Die meisten kannten einander von früher, nur zwei hatten sich noch nie zuvor gesehen, als der Herr sie in seinem großen Saal zusammenführte. Wie sie hießen? Die eine hieß Aufrichtigkeit, die andere hieß Wohlanständigkeit. Dieses große Fest beim Herrn fand genau heute statt, und diese beiden Nornen trafen einander zum ersten Mal, sie begrüßten sich mit einem innigen Kuß vor dem Angesicht des Herrn. Der Leichnam der kleinen Katrin Hansdottir war das Unterpfand ihrer Verwandtschaft.

HALLDÓR LAXNESS

Sieben Zauberer

Erzählungen
Aus dem Isländischen von
Hubert Seelow
stb 89, 144 Seiten, € 7,50

*

Die stilistische Meisterschaft von Halldór Laxness zeigt sich nicht nur in seinen Romanen, sondern auch und ganz besonders in seinen Erzählungen. *Sieben Zauberer* enthält realistische und mystische, bodenständige und exotische Geschichten über den hinkenden alten Thordur und die Entdeckung Indiens, über einen Napoleon Bonaparte und die italienische Luftflotte, die in Island, einem Land ganz ohne Militär, eine herbe Niederlage einstecken muß.
Große und kleine Welt, Alltag und Abenteuer begegnen sich in Situationen voller Witz und Ironie. Laxness erzählt in einer Mischung aus Weltaufgeschlossenheit und Fabulierfreude, sozialem Engagement und menschlichem Verständnis.

»Einmal lesen reicht nicht.«
Süddeutsche Zeitung

Petra

HALLDÓR LAXNESS

Das Fischkonzert

Roman

Aus dem Isländischen und mit einem Nachwort von Hubert Seelow

stb 168, 272 Seiten, € 9,90

*

Alfgrimurs Leben hätte trauriger kaum beginnen können. Ein Vater steht nicht zur Verfügung, und die Mutter läßt den Säugling auf der Durchreise nach Amerika an seinem Geburtsort zurück: auf dem armseligen Hof des Seehasenfischers Björn. Dort wächst Alfgrimur in einer vollkommenen Welt auf, zwischen mittellosen Durchreisenden und kauzigen Dauermietern, zwischen den Versen und Chorälen der Ersatzgroßmutter und dem ewigen Gesang der alten Standuhr. Der leisen Schwermut, mit der die Geschichte einer Jugend erzählt wird, ist stets eine unwiderstehliche Situationskomik beigemischt. *Das Fischkonzert* gehört zu den erfolgreichsten Werken von Halldór Laxness.

»Der Roman gehört zu den schönsten literarischen Kindheitsbeschreibungen überhaupt.« *Rheinischer Merkur*

HALLDÓR LAXNESS

Der große Weber von Kaschmir

Roman

Aus dem Isländischen von Hubert Seelow

stb 169, 344 Seiten, € 11,50

*

Er ist egozentrisch, rücksichtslos und auf der Suche nach sich selbst. Island ist ihm zu eng und provinziell, in der großen weiten Welt leben junge Männer wie er inmitten von Ausschweifungen und leidenschaftlichen Debatten. Dorthin zieht es Stein Ellidi, auch er will zügellos leben und mitreden. Bevor er geht, verabschiedet er sich von seiner Kindheitsfreundin Dilja. Eine Nacht lang sitzen sie auf den Thingfeldern am Meer, und Stein entwirft ihr das Panorama seiner strahlenden Zukunft.

Ähnlich jung wie sein Held war der Autor, als er *Der große Weber von Kaschmir*, seinen ersten bedeutenden Roman, schrieb: 23 Jahre. Auch Laxness hatte sich in das wilde Leben gestürzt, war der Enge seiner Heimat entflohen, bevor er diese bunte, lebenssatte Geschichte eines Aufbegehrenden in Sizilien niederschrieb. »Wie jubeljung ist das! Im Platzkonzert des schwarzen Humors ein Fanfarenstoß des ästhetischen Immoralismus.«

Süddeutsche Zeitung

HALLDÓR LAXNESS

Atomstation

Roman

Aus dem Isländischen von Hubert Seelow

stb 170, 208 Seiten, € 9,90

*

Im Haus des isländischen Parlamentsabgeordneten Bui Arland geben sich die Militärs die Klinke in die Hand. Im Kalten Krieg ist die Insel umworben als strategisch wichtiger Stützpunkt im Nordatlantik. Als Dienstmädchen arbeitet im Haus des Abgeordneten eine junge Frau aus dem Nordland, die nach Reykjavik gekommen ist, um Organistin zu werden. In der Hauptstadt macht sie Bekanntschaft mit aufregenden Ideen und einem weltweisen Orgellehrer, sie lernt skurrile Götter kennen und Politiker, die die Selbständigkeit des Landes auf den Lippen führen und hinterrücks mit den Amerikanern über seinen Ausverkauf verhandeln.

»Die Welt hat sich geändert, aber nicht die Perspektive, aus der Laxness erzählt. Nicht nur deshalb ist sein Roman ›Atomstation‹ heute wieder – und noch immer – aktuell. Erst jetzt zeigt sich deutlich, wie sehr schon damals Laxness recht hatte, indem er sich den Strömungen der Zeit widersetzte.«

Deutsches Allgemeines Sonntagsblatt